contents

JN192188

1

幽霊屋敷。

目の前の古びた屋敷を前にした安田一生《やすだいっせい》は、いかにもという佇《たたず》まいに、なるほどそう言われるのも納得だとしみじみ感じていた。近所の小学生の間で幽霊屋敷と噂《うわさ》されるこの屋敷は、安田の両親が相続したものだ。敷地は広く、立派な日本家屋だが、いかんせんかなり年季が入っている。

敷地を囲む白壁にはところどころ小さなヒビが入っており、門扉《もんぴ》の板も塗装が剝《は》げてしまっている。もともと手が回らずあちこちガタがきていたが、この半年でさらに傷みが進んだらしい。幽霊どころか妖怪の類《たぐ》いまで棲《す》みついていそうな雰囲気を醸《かも》し出している。

「ここがお前のおばあちゃんの家？」

「うん。古いだろ？　子供の頃はトイレに行くのが怖《こわ》かったな」

「確かに子供はそうだろうな。でも立派な御屋敷だよ。地主さんだったんだって？　お前、お坊ちゃんだったんだな」

幼馴染《おさななじ》みの尾形《おがた》にそう言われ、苦笑いする。

尾形家は代々除霊師をしており、尾形も家を継《つ》ぐために修行をしている。お坊ちゃんと言われるにふさわしいのは尾形のほうだ。そちらの世界ではかなり有名な家柄らしく、そのぶんプレッシャーも大きいと随分前に酒の席で愚痴《ぐち》を零《こぼ》されたことがある。

「お前にお坊ちゃんって言われると違和感があるよ。でもごめんな。せっかくの休みなのに手伝いに来てもらって」

「いいって。幽霊屋敷には興味あったし。だけど特に何も感じないな。悪霊《あくりょう》なんかがいるとすぐにわかるんだけどな」

一緒に来てもらった理由の一つが除霊師の尾形に屋敷の様子を見てもらうというものだが、それは単なる口実で実際は掃除の手伝いというのが主な目的だ。半年前までここに住んでいた祖母は幽霊の類いなど見たことはなく、両親からもそんな話は聞いたことがない。昔からよくしてくれる友達で、屋敷に泊まりで大掃除に行くと聞いただけで一人で大丈夫かと心配してついてきてくれた。

時々護《まも》られているような気もして、友達というより兄貴か親戚に近い存在だ。

「お前がついてくれてると安心だよ」

安田は門扉を開け、敷地へ足を踏み入れた。庭は雑草だらけで、腰の高さまで生長したものもある。大掃除にやって来た身としては先が思いやられた。

安田家に遺産相続の話が飛び込んできたのは、半年ほど前のことだ。祖母のタネが他界し、所有していた財産の一部を父親が継ぐこととなったが、広い屋敷と二束三文にしかならない山林は持て余すだけのものとなった。今の生活に満足し、そのリズムを狂わせたくないという両親のため、親孝行だと思って安田が管理することになっている。

その時、道路のほうから中年女性が顔を覗《のぞ》かせた。近所の大浦《おおうら》さんだ。

「一生君？」

「こんにちは。ご無沙汰《ぶさた》してます」

「来てたの？　こちらはお友達？」

「はい、こんにちは。尾形康光《やすみつ》といいます」

「あら、男前ね。こんなお友達がいたなんて」

彼女は庭まで入ってきた。子供の頃は夏休みや連休を利用して祖母の家に来ていたこともあり、まるで親戚のように接してくる。一人暮らしだった祖母のこともよく気にかけてくれた。

「葬儀の時は、わざわざ足を運んでいただきありがとうございました」

「そんな大人みたいな挨拶《あいさつ》するようになって。おばあちゃんにはうちの孫も可愛《かわい》がってもらったしね。ここの庭でよく遊ばせてもらったものよ。でも突然だったわね。もう半年？おばあちゃんがいないなんて、なんだか寂《さび》しいわぁ」

荒れた庭を眺める彼女に倣《なら》い、安田も子供の頃よく遊んだ庭を見渡した。雑草が生えていること以外は昔のままで、柿の木に登ったことを思い出す。

「ねぇ、ところで小説家の先生になったんでしょ？　すごいじゃない。どうして教えてくれないの」

「あ〜、売れてないんですよ。だから先生って言われると。あはは……」

「そんなことないでしょう。ねぇ、あなたもそう思わない？」

「そうですね。俺はちょっとした作文でも悪戦苦闘してたから、何百枚も文章が書けるだけで尊敬しますよ」

「でしょ〜。いつか直林賞なんて取ってテレビに出たりして！」

「無理ですよ。本も二冊しか出てないし、次の仕事も見込みがまだ立ってなくて」

過度の期待をされないよう正直に現状を言うと、彼女は残念そうな顔をする。

「今はみんな本を読まないからねぇ。うちの孫もゲームばっかりよ。ほら、スマホゲームっていうの？　小さな画面をずっと見てるの。あれやめて欲しいわ。最近は大人も電車でスマホばっかりだし。あ、そうそう。あなた結婚は？　いい女性《ひと》見つけた？」

「いや……それがまだ」

「小説家の先生ならモテモテじゃないの？」

「そんなことないですよ」

「あらまたそんな謙遜《けんそん》して」

謙遜でもなんでもなく、本当にモテた記憶がないため愛想笑《あいそわら》いするしかなかった。

安田は特別美形でもなければ不細工でもない。ごく普通、平均的――そんな言葉が似合うのが安田だ。印象が薄いわけではないが、その他大勢に分類されるタイプだという自覚はある。

何か一つ特徴を挙げろと言われれば、性欲も物欲もなさそうだということだ。実際に安田はセックスに淡白で物欲もあまりなく、お人好《ひとよ》しで他人と争うこともほとんどない。学生時代からの仲のいい友達には、ご隠居とからかわれることもよくある。

優しそうと言われることは多いが女性は物足りないと感じるようで、これまでつき合ってきた相手にはいつもそんな言葉で別れを告げられてきた。フリーになって六年。すっかりセックスの仕方も忘れてしまった。

今年で二十七になるが、結婚の二文字を意識したことはなく、小説を書きながらのんびり古書店の店番をする毎日だ。

「おばちゃん、一生君はイイ男だと思ってるわよ。一生君のいいところがわからないなんて、最近の女の子はどうしちゃったのかしらね～」

「そう言ってくれるのっておばちゃんだけですって。普通はこっち」

安田は尾形を指差した。子供の頃からバレンタインデーに貰《もら》うチョコレートの数はいつも尾形のほうが多かった。否定などさせないぞと、視線を送る。

「そうでもないよ。安田って派手な顔つきじゃないから気づかない奴が多いけど、結構な色男だと思うけどな。時々綺麗《きれい》な表情してるぞ。心が優しいからかな」

「ちょ……っ、恥ずかしいこと言うなって」

男に向かって綺麗な表情はないだろうと、妙に居心地が悪くなった。

「ほらね、お友達もそう言ってるじゃない。言い訳ばっかりしてないで、そろそろいい女性見つけてご両親を安心させてあげないと。あら。ちょっと待ってね」

着信が入ると彼女は安田そっちのけで話し始め、昔から変わらない声で笑う。

「ごめんなさいね、一生君。ちょっと用事ができちゃった〜」

彼女はそう言い残してあっという間に帰っていった。尾形が隣で呆気《あっけ》に取られている。

「すごかったな」

「あの人は昔からあんなだよ。だけどお前、お世辞言うにしてももうちょっと別の言い方があるだろ。聞いてるこっちが恥ずかしいよ」

「えー、そうか。普通に褒《ほ》めただけだよ。お前ってさ……」

「わ〜、もういいもういい。聞きたくない。それより、暑くならないうちに始めよう」

面と向かって褒められるのは恥ずかしく、耳を指で塞《ふさ》ぎながら尾形の話をシャットアウトする。

玄関を開けて荷物を置き、買ってきた麦わら帽子、マスク、軍手などを装着して作業に取りかかった。大きく育った雑草はカマで刈り取ってから引っこ抜いていく。黙々と作業をするのは嫌いではなく、むしろ頭の中を空っぽにして没頭《ぼっとう》するのは楽しかった。頭上から蝉《せみ》の声が降ってくる。

「そういや一生、あっちの蔵って風通したほうがいいんじゃないか？」

「ああ、そうだった。鍵を預かってきたんだった」

「相変わらずだな。やっぱり俺が来てよかったよ」

「あはは。そうだな」

安田は鍵を持って蔵のほうへ向かった。扉を開け放って中に入ると、外の暑さが嘘のようにひんやりとしている。

「あ、涼しい」

中を確認しようと奥に入っていったが、名前を呼ばれた気がして後ろを振り返った。だが、そこに尾形はいない。

（あれ……？）

外から声をかけたのかと思い、庭まで見に出ると随分遠いところで雑草を抜いていた。

近づいていき、声をかけてみる。

「呼んだ？」

「ん？　いや、呼んでないよ、なんで？」

「そうか。呼ばれた気がしたからさ」

「おいおい。俺を驚かせようって魂胆《こんたん》か？　俺は除霊師だぞ。そういうのでは怖がらないよ」

「違うんだって。本当にそんな気がしたんだよ。気のせいだろうけど」

「古い家だからな、それなりに感じるものはあるけど悪意のあるものはいないみたいだけどな。蔵が怖いなら一緒に行こうか？」

「いいよ、子供じゃないんだし」

笑いながらそう言い、もう一度蔵に戻る。

「おじゃましま～す」

蔵の中を覗いてそんなふうに声をかけた。もちろん返事などない。

中は暗いが、窓から差し込む光が綺麗だった。空気中を漂う塵《ちり》もあんなふうに光が当たると、幻想的な様相を見せる。

「やっぱり空耳か」

そうつぶやくや否や、まるでそれを否定するかのように今度ははっきりと男の声が聞こえた。

『……つ、……どこ……、……初《はつ》』

さっきは自分の名前を呼ばれたかと思ったが、どうやら違う。訴えかけられたというのが近いかもしれない。耳で聞いたというより感じたというべきなのか、経験したことのない感覚に心臓が大きく跳《は》ねる。

「嘘だよな。ははは……」

怖さを紛《まぎ》らわせるためにそんなふうに独《ひと》り言を口にするが、声は収まらない。全部の窓を開け放って早々に蔵を出る。外に出ると一度振り返り、尾形のもとに向かった。

「どうしたんだ？　顔色悪いぞ」

「あ〜、なんていうか……蔵のほうは大変そうだから、とりあえず風だけ通してあと回しにしようかなって」

「荷物多そうだもんなぁ」

（蔵になんかいるのかな……？）

言おうかどうか迷ったが、口にすると余計怖くなる気がして黙っていることにした。

幽霊屋敷という言葉が、今さらながらに気になり始める。

それからしばらく何も考えないようにして草取りに熱中していたが、午後になり太陽が頭上に来るとさすがに疲れが出てきた。

（暑い……）

空を見上げると、刺すような光が降り注いでいる。いったん休憩することにし、昼はそうめんで済ませた。途中、わらび餅《もち》を売りに来た軽トラックを呼びとめてお茶の時間にする。

「懐かしいなぁ、わらび餅。俺のばあちゃんちにもよく売りに来てたよ」

「スーパーで買うよりこっちのほうが美味《おい》しく感じるよな」

尾形と縁側に並んで座り、ぼんやりと庭を眺めていると敷地の隅に陽炎《かげろう》のようなものが見えた。

(あれ、なんだろ……?)

半透明のそれは人の形にも見えたが、違うもののようにも見える。尾形が何も気づいていないところをみると悪霊の類いじゃないだろうと思い、黙っていることにする。

蔵の中で妙な声を聞いた時は怖かったが、今は外にいるうえ隣に頼りになる男がいるからか恐怖感はなかった。

(ちゃんと成仏できますように)

誰なのかわからないが、まだあの世に行けずに彷徨《さまよ》っているのならそうできればいいと心から願う。

安田がお人好しと言われる理由の一つはこういうところにあった。

その日の夜。安田は尾形と交代で風呂に入ると床《とこ》の間のある部屋に布団《ふとん》を敷いた。

「あ〜、疲れた。お前も大変だっただろ。ごめんな、ほんと」

「いいよ。お前一人じゃ頼りないからな。それに飯奢《おご》ってもらったしな。すごく旨《うま》かったよ」

夕飯は近くの小料理屋で済ませたが、地元では旨い店として昔から有名だった。板前が銀座にある有名店で修業をしたと聞いたことがある。

「あそこいいだろ？　子供の頃に連れていってもらったんだ」

「へ〜。子供の頃からあんなところで食べてたのか。贅沢《ぜいたく》だな」

「特別な日だけしか連れていってもらえなかったけどな」

布団に入ろうとしたが、尾形がもう少し飲みたいと言い出したため冷蔵庫に入れていた冷酒をガラスのおちょことともに盆に載《の》せて部屋に運んだ。庭の様子がよく見えるよう、部屋の明かりはつけずに障子《しょうじ》を開ける。

「月が明るいな。いいねぇ、風情《ふぜい》がある。お、サンキュ〜」

酌をし、自分もついでもらってから軽くおちょこを掲《かか》げて口をつける。

「あ、旨い。いい酒だな」

「うん。地元の酒蔵で売ってたから買ってきたんだ」

「明日は蔵のほうを見るか。結構大変そうだよな」

夕方に蔵の窓を閉めに行った時にもう一度見て回ったが、古いタンスなどの家具や骨董《こっとう》品《ひん》がところ狭しと納めてあって、時間がかかりそうだ。どのくらい価値があるのかわからないが、一度骨董品店の店主に見てもらったほうがいいだろう。

「なぁ、一生」

「何？」

疲れもあって、二人とも酔いが回るのが早かった。いつも安田のほうが先に酔うのに今日は尾形も随分と目許が赤い。

「俺さ、ずっとお前に言いたいことがあったんだ」

「言いたいこと？　ごめん、俺なんかしたか？」

「話も聞いてないのになんで謝るんだよ」

笑われ、違うのかと安心する。

「だって改めて言いたいことがあるなんて言われたら、俺への不満かと思うだろ。こんなだし、いっつも世話になってるし」

「お前のそういうところ好きなんだよな」

その言葉に、思わず目を細めた。広く友達づき合いをするわけではない安田にとって、大事な友人の一人である尾形にそう言ってもらえるのはありがたい。

「ありがとな。俺もお前のことは大事に思ってるよ」

「違うんだ。友達としてはもちろん好きだよ。お人好しだしいい奴だし」

「わかったって。もういいよ、恥ずかしいからあんまり褒めるなって」

「だから違うんだよ。友達とは違う意味でも好きなんだよ」

サラリと言われ、安田は耳を疑った。ふざけているのかと思ったが、目を合わせるとまっすぐに見据えてくる。その表情から『冗談』という二文字は浮かんでこなかった。

こんな悪戯《いたずら》を仕掛けてくるような男でもなく、どう返事をしていいかわからない。

「え……、……あの……」

「好きなんだ、一生。ずっと好きだった。欲情するってことだよ。わかるだろ？」

「いや……ちょっと待ってくれ。いきなりそんなこと言われても」

「お前にとってはいきなりだろうけど、俺は長いことこの気持ちを秘めてきた。もう限界かもしれない」

尾形は、本気だった。酒の勢いで告白したのだろうが、いったん口にすると開き直ったのか遠慮《えんりょ》なく迫ってくる。

「待て、わかった。わかったから、一回落ち着こう」

「無理だよ、ごめん」

「ちょ……っ、待てって言ってるだろ。なんで急にそんな話になるんだよ」

「お前がそんな顔するからだ」

「そんな顔ってどんな顔だよ、……わ！」

あれよあれよという間に押し倒され、両腕を摑《つか》まれて押さえ込まれた。思いつめた目で見つめられ、身の危険を感じる。強引なことをするタイプではないと思っていたため、裏切られたような気持ちにすらなる。

「ちょ……っ、いい加減にしろよ！」

さすがに頭に血が上って手をはね除《の》けた。だが、弾みで唇に手が当たってしまい、そこから血が滲《にじ》む。

「あ、ごめん。でも俺、本当にお前にそういう気持ちは……」

「すぐに答えを出さなくてもいいじゃないか。簡単に口にしたわけじゃない。今、俺は怖くて怖くてドキドキしてる。お前に嫌われたらどうしようって。安易な気持ちじゃないんだ。考えてくれてもいいだろう？」

抵抗したことが尾形の感情を無駄に煽《あお》ったのだろう。見たことのない尾形の姿に動揺した。大人で、いつも頼りない自分をフォローしてくれるいい奴だと思っていたが、今は違う。自分の気持ちをぶつけることしかできない子供だ。

「好きなんだ、一生。俺、一生のことを想うと夜も眠れないんだ」

「お前、まさか……今日は最初から……」

「ああ、そうだよ。はじめから告白するつもりで来た。でも無理矢理なんて思ってなかった。それなのに、お前がそんな格好で俺を挑発するから」

「そんな格好って……ただの短パンとＴシャツだろ……っ！」

「俺にとっては誘ってるのと同じなんだよ！　ほろ酔いで誘うような目で見られて理性なんか保てるか！」

「わ〜、待て！　本当に待て！」

首筋に顔を埋《うず》められ、必死で抵抗する。ひょろひょろと痩《や》せている安田と筋肉質の尾形では力の差は歴然だった。上からのし掛かられているため力も入りづらく、圧倒的に不利な状態に追いつめられる。

その時、声が聞こえた。

『……初、……その……、……のか……？』

昼間、蔵の中で聞いたのと同じ声だ。しかし、尾形には聞こえていないらしい。

「待て、今変な声がした！　幽霊かも！」

「嘘つけ、何も感じないぞ。そんな嘘をついてまで俺を拒むのか？」

「だから違うんだって！　昼間も蔵の中で聞いたんだよ！　本当だって！」

必死で訴えるが、この行為をやめさせるための方便だと思っているらしくまったく取り合ってくれない。

そうこうしている間に、床の間にうっすらと影が浮かび上がった。

あれはわらび餅を食べている時に見たのと同じものだ。太陽の下で見るのと夜に見るのとでは印象がまったく違うが、それでも同じものだとわかる。直感だ。

霊感の類いはないと自分では思っていたが、今は違った。根拠はないが断言できる。

「ほら、見ろ！　あそこ！　絶対何かいるって！」

「いい加減にしろよ。お前に見えるわけ……、――ぐぅ……っ！」

言い終わらないうちに、影は背中から尾形の中に勢いよく飛び込んだ。衝撃を受けたように尾形の躰《からだ》がドン、と跳ね、その表情が変わる。

「……初」

一瞬、まったくの別人の顔になった。声まで違う。だが、表情を歪《ゆが》めた時にはいつもの尾形に戻っている。けれどもすぐにまた違う顔が浮かんだ。ＣＧで作った映像のようで、安田は酔って幻覚でも見ているのかと自分の目を疑った。

「……ぅう……っ、……なんだ……これ……、……憑依《ひょうい》……か……？」

「ひょ、憑依？」

「……荷物を……っ、……早、く……っ、……札が……っ」

急いで尾形の荷物を漁り、中から札を取り出す。長方形の和紙に墨で文字が書かれてあるものだ。

「こ、これか？」

苦しげにしながらも手を伸ばす尾形にそれを渡して息を呑《の》んで見守っていると、尾形は札を咥《くわ》えたまま呪文を唱え始めた。顔色がみるみるうちに紫がかってくるが、力を振り絞るように「――ええいっ！」と気合いの入った声をあげた。すると、先ほど尾形の中に入った何かが、青い炎とともに弾き飛ばされ、勢いよく出ていく。

尾形は力尽きたのか、そのまま気を失った。

しかし、まだ終わっていない。燃え尽きた札がはらはらと落ちてくる向こうにいるのは半透明の男だ。映写機で映したように、向こう側が透けて見える。粋《いき》な着流し姿で、手にキセルを持って紫煙《しえん》を燻《くゆ》らせていた。

「よぉ、初。久しぶりだなぁ」

自分を初と呼ぶ男のことを、安田は半ば茫然《ぼうぜん》と見上げていた。

初という名を聞いたのは、子供の頃のことだ。

正月に親戚でこの屋敷に集まった時に、痴情《ちじょう》のもつれで先祖が起こした事件について大人たちが話していたのを聞いたのだ。今思うと子供に聞かせていい話とは言えないが、酒が随分入っていたためつい下世話な話をしてしまったのだろう。夜更《よふ》かしを許される数少ないチャンスに心躍らせていた安田は、大人たちが口にする話を夢中で聞いた。

おぼろげにしか覚えていないが、話の大筋はこうだ。

先祖に初という女性がいてこの屋敷に住んでいたが、婿養子として迎えた旦那は甘やかされて育った次男坊で、酒と女にだらしがないロクデナシだったという。彼女は夫の素行に長年耐えていたが、漁師である別の男と浮気をした。誰もが目をとめる色男で、男が漁から戻ると女たちが騒がしくなったという。

男の取り合いで、当時まだ存在した吉原の遊女がつかみ合いの喧嘩《けんか》をしたなんて話もあるくらいだ。いわゆる色悪のようなタイプだったのだろう。

しかし初に好きな男ができたことに気づいた旦那は、彼女と男が布団の中で愛し合っているところに踏み込み、激怒して相手の男を殺したというのだ。

殺人が明るみにならなかったのか、それとも殺人自体嘘なのかよくわからないが、旦那は罪を問われることなく一生を終えている。

昭和の初め頃の話で、当時は姦通罪《かんつうざい》が存在しており、夫のある身で他の男と姦通した初だけが処罰の対象になったと聞いている。殺人事件を担当した刑事が旦那の両親と強い繋《つな》がりがあり、旦那の起こした事件だけを密かに揉《も》み消したなんて話もある。

子供心に、自分の先祖に人殺しがいるかもしれないなんて怖いと思ったのを覚えている。

そんな逸話があったこと自体すっかり忘れていたが、十数年ぶりに思い出した。

「あの……っ、俺は初って……名前じゃ、ありません。……もしかして、霊の方ですか？」

自分でも馬鹿な台詞《せりふ》だと思ったが、安田はそう聞かずにはいられなかった。どう見ても幽霊なのだが、見るのは初めてでどうしても言葉で確認したかった。

とは言っても、いいやただの人間だと言われても困るのだが……。

「当たり前だ。お前の旦那に殺されただろうが」

「旦那に殺されたって……やっぱりあの話は本当だったのか。ってことは、この人は……」

男が初の浮気相手だとわかり、血の気が引く。安田は目を閉じて顔の前で手を合わせた。

「ななな南無阿弥陀仏南無阿弥陀仏……っ、どうか成仏してください」

「何ごちゃごちゃ言ってる。久しぶりに会うってのに」

そっと目を開けて窺《うかが》い見ると、男は自分の帯に手をかけて見下ろしてくる。かなりの男前だった。

三十代後半といったところだろう。長身で浅黒い肌をしている。その体つきから肉体労働者なのは間違いないようだが、腰の低い位置で結ばれた角帯など着慣れた印象で、野性的で荒っぽい雰囲気を持ちつつも『粋』が感じられた。

しかもただの色男ではなく、いかにも悪さをしそうな目がまさに色悪といった印象で、覗いてはいけないと言われている部屋を覗きたくなるような、そんな妙な興味をそそられてしまう。それこそが、この男の魅力なのだろう。

「初。俺の大事なモノを返せ」

「だ、大事なもの？」

「ずっと待ってたんだぞ。しかしなんだその言葉遣いは。俺の知ってる初はもっと色っぽくていい女だったぞ」

「だから……っ、俺は初さんじゃありません。それに、俺は男です」

その言葉に、男は白々しいとばかりの顔をした。いくら部屋が暗いとはいえ、声で男か女かくらいわかりそうなものだが……。

殺された恨みや怒りで我を忘れているようには見えないが、初と人違いされたままだと何をされるか不安で、証拠とばかりにTシャツをたくし上げて胸を見せてやる。

「しょ、証拠です。ほら……っ」

平たい胸板を見てまだ女と言い張る人間はいないだろうと思ったが、男は心底残念そうな顔で肩を落とした。

「……お前、胸が貧相になったなぁ」

男で豊満な胸なんて嫌だが、貧相と言われてなんとなく恥ずかしくなった安田は次に短パンをずり下ろして下着の中を覗かせた。

「だから違うんです。ちゃんと男です。つ、ついてるでしょ？」

「……ついてるな。そこそこ立派なのが」

「そこそこは余計です」

ようやく納得してくれたようだが、これから先どうするべきかわからなかった。目の前には半透明の男。幽霊かと聞いたら認めた。しかも、初の旦那に殺された男だ。

極力刺激しないようその反応に注意しながら聞いてみる。

「俺が初さんじゃないのはわかってくれましたか？」

「まぁな。そりゃそうだよな。あいつが生きてるわけねぇもんなぁ。あんまり似てたからな、俺も正気を失っちまった」

男はガシガシと頭を掻いた。いったん落ち着くと、男の仕草が幽霊っぽくないことに気づいた。さすがに胸の前で両手の甲を見せながら「恨めしや〜」と出てくるとも思っていないが、あまりにもイメージとかけ離れている。

「俺は初さんの家系の人間だから」

「そうか、どうりでな。……ああ、俺はここに長年縛られてる地縛霊《じばくれい》で土方雄之助《ひじかたゆうのすけ》だ。

まぁ、よろしくな」

「よろしくって言われても、そんな……困ります」

尾形が起きてはくれないかと視線を遣《や》るが、ピクリとも動かない。まさか死んでいるのではと急に心配になるが、土方と名乗った男は鼻で嗤《わら》った。

「そいつはしばらく起きられねぇぞ」

「ま……まさか、呪い殺すつもりとか」

「あほう、俺のせいじゃねぇよ。全力で俺を追い出したからな。精も根も尽き果てたんだろ。俺の憑依を解いたのはほとんど札に籠《こ》められた力だってのに、軟弱な奴だ。心配するな。命に別状はねぇと思う」

その言葉を本当に信用していいのかと、安田は土方に訝《いぶか》しげな視線を向けずにはいられなかった。

「憑依して一体何をするつもりだったんですか」

「何寝ぼけたこと言ってやがる。お前が襲われかけてたからだろうが。初が男に犯されると思ったら妙に力が湧《わ》いてきてな」

「あ、そうか。そうですよね。それは……ありがとうございます」

助けてくれたとわかり、安田は素直に頭を下げた。確かに土方がとめてくれなければ、無理矢理禁断の世界を覗かされていたかもしれない。大事な友人を失っていたところだ。

しかも、こうして落ち着いて話してみると土方からは恨みの念を感じず、恐怖も薄れていった。

「そもそも憑依しようと思ったのは初めてなんだよ。時々霊感の強い奴に姿を見られることはあったが、こんなふうにまともに生きてる奴と話をしたことはねぇよ。話しかけても聞こえねぇしな」

「尾形の家は代々除霊師をやってるんですけど、そういうのも関係するんでしょうか」

「除霊師？　はっ、未熟な除霊師だな。霊力はたいしたことないぞ」

「そうなんですか。由緒《ゆいしょ》ある家柄って聞いてるんですけど」

「由緒あっても出来損ないってのはいるぞ。札に籠められた霊力がかなり強かったから、確かに家柄はいいのかもしれねぇが、お前のほうが霊力はある」

にわかには信じられなかった。幽霊など今まで一度も見たことがない。そう言うと、土方は軽く笑いながらとんでもない事実を教えてくれる。

「そんなはずねぇぞ。お前、かなり霊力が強い。今日、わらび餅買いに行っただろう？　帰りに屋敷の前で挨拶したばーさん。あれもう死んでるんだぞ」

「え……、――ぇぇぇぇえ……っ!?」

あの老婆がこの世の者ではないと知り、素《す》っ頓狂《とんきょう》な声をあげた。

知らない人だったが、近所に住んでいると思って挨拶をしたのだ。するとあちらもにっこりと笑って会釈をした。土方のように透けていなかったし、足もちゃんとついていた。本当にあの老婆が幽霊だとしたら、これから自分がすれ違う者のすべてを疑わなければならない。

「そんな顔するな。害はねぇよ。あんたの体質みたいでな、ちょっと変わった霊力があるみてぇだな。あんたが来てからやたらと力が湧いてくる。人間に悪さするような霊があんたのオーラに触れると、火傷《やけど》したみたいになるしな。たまにいるんだよ。そういう純粋な魂持った奴ってのが」

「それならよかったです。それで、地縛霊がここで何してるんです？」

「そりゃ地縛霊だからな。この土地に縛られて動けなかったんだよ」

確かによく考えればそのとおりだ。馬鹿な質問をしたとまた恥ずかしくなる。そして、土方の姿が見えるようになった今、いつまでもここにいられるのは居心地が悪かった。本人にとっても、この土地に縛られるのはよくないだろう。

そこで安田は、説得を試みることにした。

「成仏してください。成仏して生まれ変わったほうがあなたのためです」

「捜し物が見つかんねぇと成仏できねぇんだよ」

さっきも同じようなことを言っていたが、その捜し物とやらに相当の心残りがあるようだ。

「見つかったら消えてくれるんですか？」

「ああ」

「じゃあ、俺も捜すの手伝いますよ」

「本当か？」

「はい、もちろんです」

成仏してくれるならと、安田は覚悟を決めた。人妻に手を出した時点で土方にも非はあるが、殺される理由にはならない。しかも、自分の先祖がやったことだ。責任を感じる。

「それで、何を捜してるんです？」

「チンコだよ」

一瞬、耳を疑った。聞き違いかと思い、確かめてみる。

「あの……今、チンコって聞こえたんですけど……」

「ああそうだよ。チンコを捜してるんだ」

脱力した。呆れて怒る気にもなれない。

「何ふざけてるんですか。他人《ひと》がせっかく真面目《まじめ》に話を聞いてるっていうのに」

ため息混じりにそう言うが、土方は強い口調で訴えてくる。

「大真面目なんだよ、こっちは！　俺はずっと俺のチンコを捜してるんだよ！」

「どういうことです？」

「わかんねぇ奴だなぁ」

面倒臭そうに言って土方は着物の裾《すそ》をまくり上げ、ふんどしを解き始めた。ふんどしなのか……、とこういうちょっとしたところに時代の差を感じる。感心している場合ではないが、のんびりした安田の性格はこういうところに出てしまう。

「いいか、これを見ろ！」

「あ……」

どうだとばかりにふんどしを部屋に放り投げ、その下を見せられる。そして、あるはずのものがないことを目の当たりにした。股間のところが黒塗りされているようにぼんやりとしている。

男にとって大事なものが、ついていない。

「息子さん……ご不在ですね」

「殺された時に初に切り落とされてどこかに埋められたらしい。俺のがあんまりデカくて手放したくなかったんだろう。初の旦那のとは脇差しと大太刀《おおだち》くらいの差があるからな」

自慢げに言う土方に、本気で成仏する気はあるのかと心配になった。土方からは、悲壮《ひそう》感《かん》のようなものはまったく感じない。

「旦那さんのサイズ知ってるんですか。適当なことを言わないでください」

「初の反応見りゃわかるさ。初は俺の名刀村正《むらまさ》に夢中でなぁ、布団の中で痴態《ちたい》を見せてく

ドヤッ
!!

れたもんだよ。旦那の貧相な短刀じゃあ満足できなかったんだろう」

「村正は打刀ですけど……。大太刀じゃなかったんですか」

「細けぇこと言うなって。それに初はな、旦那の暴力にずっと耐えてやがった。よく顔に傷作ってたしな」

「言い訳でしょう」

そう言ったが、子供の頃に聞いた話と同じだと気づいた。酒と女に溺《おぼ》れていたロクデナシだったのは、本当だったようだ。それなら初には同情する。優しくしてくれた男に心が動いても仕方がないのかもしれない。

「とにかく、死んじまった直後のことは俺もよく把握《はあく》してねぇんだ。俺の遺体が埋葬されたのは確かだが、このとおりだ。チンコがないままだったのは間違いない。それに、切り取られたもんがどこか別の場所に埋められたってのは感じるんだよ。今も土の中にある」

「だからチンコを取り戻さないと成仏できない、と……」

正直なところ、馬鹿馬鹿しい話だと思った。しかも、非現実的だ。土方の話が本当だとしても、何十年も経っている。

「もう腐って土に還《かえ》ってますよ」

「んなこたぁわかってるよ。だがな、まだ感じるんだ。残り香みてぇに俺の肉体の気配がするはずだ。埋められた場所だけでも知りたい。心残りで成仏できねぇんだよ。いいか、チンコだぞ？　男の大事なものをなくしたままあの世に行けるわけねぇだろ」

確かに土方の言うとおりだ。同じ男だからわかる。大事なものを失ったまま成仏しろと言っても、心残りがあればそうしたくてもできないのだろう。

自分がもし同じ目に遭《あ》ったらと考えると、どうせ死んでいるのだからなくしたもののことは忘れろとも言えない。腹を括るしかないと思い、安田は深呼吸した。そして、力強く土方に訴える。

「わかりました。協力します」

「お、そうか？」

「はい！　一緒にあなたのチンコを捜しましょう！」

手を取ることはできないが、まさにそんな気持ちで安田は土方の成仏に協力することを決意した。

2

土方が失ったものを捜すことになった安田は、翌日からさっそく取り掛かることにし、その日はひとまず尾形に布団を被《かぶ》せて自分は別の部屋に布団を敷いた。さすがにそう何度も襲ってはこないだろうが、自分に好意を寄せている男の横で寝るほど無神経ではない。

尾形は、明け方に目を覚ました。頭が痛いと訴え、片づけの手伝いは切り上げて帰ると言う。

「ごめん、一生。なんだか躰がだるくて……」

「気にするな。それより大丈夫か？　昨日のはなんだったんだろう。やっぱり屋敷に何かいるのかな？」

「わからない。昨日は憑依までされたっていうのに、今は何も感じないよ。通りすがりの悪霊だったってこともある」

「そうだな。俺も今は何も見えないし、お前の言うとおりかもな。でもびっくりしたよ。幽霊なんて見たの初めてだった」

土方のことは、黙っていることにした。チンコ捜しを手伝うなんて馬鹿馬鹿しくて信じてくれそうになかったからだ。しかも、安田に見えた霊が尾形には見えなかったなんて、まだ修行中の身とはいえ除霊師としてのプライドを傷つける気がして言えない。

「見えないなら見えないほうがいい。悪い影響が出ることも多いし。本当はもうちょっと屋敷を見たいんだけど、体調もよくないしこんな調子じゃ役に立ちそうにないから今日は帰るよ」

尾形は気まずそうにしながらも、これだけはちゃんと言わねばと意気込んだ顔をしてみせた。

「それから昨日の話のことなんだけど……」

「お前の気持ちはわかったよ。でも、応えられない。お前は大事な友達なんだ」

ここで曖昧《あいまい》な態度を取れば尾形にいらぬ期待を持たせるだけだと、はっきりとそう言った。しかし、すぐには諦めてくれないらしい。その表情は、納得とはほど遠いものだ。

「またちゃんと話そう。酒の力を借りたのは本当に悪かった。あんなふうに無理矢理迫って……軽蔑《けいべつ》されても文句は言えないよな」

「思いつめるなって。嫌いにはなってないよ。ただ、友達以外にはなれないってだけで」

「そういう優しいところがお前のいいところだけど、つけこまれるぞ。俺、結構しぶといから。じゃあ」

そう言い残して、尾形は荷物を手に歩いていった。

最後の決め台詞は、昨夜のように酒の勢いで告白してこなければまた違った気持ちで聞くことができたかもしれない。けれども、あんな一面を見せられたあとだからか、気が重い。しつこくされたら、さすがに友人関係も解消したくなるだろう。

友達を失うかもしれないと思うと、複雑な気分になる。なぜ自分なんだと、嘆《なげ》きたくなった。

「やっぱ奴には俺は見えてねぇな」

「そうですね」

隣には土方が立っていた。朝になっても姿は消えず、安田には今も見えている。だが、他の人間には見えないらしい。安田の霊力が高まったというより、土方の初や自分の失ったものに対する想いの強さが影響しているようだ。その証拠に、土方以外の霊が見えやすくなったりするなどの変化はない。

「あいつには土方さんは見えてないんですね」

「気配すら感じてねぇもんなぁ。でもまぁ、あの中途半端な除霊師に俺が見えても役に立ちそうにねぇからな」

「いい奴ですよ。事情を説明したら手伝ってくれるかもしれない」

「友達を襲った男がいい奴か？　あんた、相当のお人好しだな」

それに関しては弁明の余地はなく、黙り込むしかなかった。

「昨日のことは忘れてあげてください。それよりまず蔵の中を捜してみましょう。日記みたいなものが残ってるかもしれないですし、あとは初さんの話は親戚が知ってたので聞いてみます」

安田は土方と二人で蔵へと向かった。中には所狭しと沢山《たくさん》のものが積み上げられている。これを一人で片づけながら初に関するものがないか捜すのだ。子供の時に聞いた話では事件は表に出てないというが、本当かどうかわからない。

もし、新聞に載るような事件になっていたら当時の記事から詳細がわかる。

「えー……っと、まずどこから取り掛かろうかな。土方さん、見たことのあるものってありますか？　初さんが生きていた当時、家の中にあったものとか」

「奥にあるあのタンスは見たことがあるぞ。抽斗《ひきだし》に金なんか入れてたな。他に大事なもんを入れてあると聞いたぞ」

積み上がった荷物の向こうに見えるのは、赤みがかった茶色の古いタンスだ。さっそく手前にある荷物を一つ一つ寄せていく。

「気ぃつけろよ～」

もちろん土方は手伝うことなどできるはずもなく、一人でやるしかなかった。土方は申し訳なさそうにするでもなく、奥の荷物の上に胡座《あぐら》をかいてキセルを吹かしながら悠々《ゆうゆう》と見ている。煙が漂ってくるが、匂いはまったくなかった。見えるだけだ。

「そっちの右にあるやつから動かしたほうがいいぞ～」

「これですか？」

段ボール箱を移動させながら、盗み見るように何度も土方に視線を遣る。

着物の裾から足が覗いており、筋肉質のふくらはぎが見えていた。キセルを咥えている姿はどこか粋な感じがして、こういう男のお洒落《しゃれ》ができる土方がやけに色っぽく見える。これが大人の男の色香というものだろう。

自分もいずれ土方と同じ年齢になるが、色気のある大人になれる自信はなく、土方に対して憧れのような感情を抱《いだ》かずにはいられなかった。

「キセルって格好いいですね」

「吸ってみるか？」

「吸えないでしょう。触れないんだから」

「買ってくりゃいいじゃねぇか。その辺に売ってるだろ？」

土方の生きていた時代はそうだろうが、今は違う。少なくとも、店頭に置いてあるのを安田は見たことがなかった。キセルどころかタバコすら排除される動きが加速していて、子供の頃にあったタバコ屋なんてものも、今は滅多《めった》に目にしない。

「今は近所でキセルは買えませんよ。ネット通販ならすぐに買えるでしょうけど」

「ネット通販？　なんだそりゃ」

「えっと……現代の御用聞きです」

少し違うかと思いながらも、他に言葉が見つからずそう説明する。生きた時代が違うのだ。時々会話が躓《つまず》くのは仕方のないことなのかもしれない。

十五分ほどかけてタンスの前の荷物を移動させると、その全貌《ぜんぼう》が見えてきた。いい素材を使っているのだろう。どっしりと重厚感がある。鉄製の取っ手がついていて飾り金具の装飾も凝っており、状態もかなりよかった。アンティークショップに持ち込めば結構な値段で買い取ってくれるかもしれない。

安田は上の抽斗から一つずつ開けていったが、何も入っていない。一番下の抽斗に空箱と硯《すずり》が入っていたが手紙のようなものはなかった。

「ないなぁ」

初っぱなから手がかりが見つかるはずはないと思いつつも、期待はしていたらしい。ないとなると、この先長いぞと気が遠くなった。

「まぁ、初日からそう上手《うま》くはいかねぇさ。俺なんて何十年もチンコなしで生きてきたんだ。気長に捜しゃいい」

「生きてはいないでしょ」

元気づけてくれているのかと、笑いながら突っ込んだ。人妻に手を出したところはいただけないが、悪い人ではないらしい。

「でも、殺されたなんて無念だったでしょう？」

思わずそう聞いてしまい、まずかったかと焦ったが、土方は意外にもあっけらかんとしていた。

「当たり前だ。せっかくこんな色男に生まれたってのに、予定の半分も楽しんでねぇ。浮かばれるわけねぇだろう。俺の腰使いで失神した女は数知れずだ。俺とまぐわいたがる奴は掃いて捨てるほどいたぞ。はぁ～、また味わいてぇなぁ。これの虜《とりこ》になる相手を突き上げて喘《あえ》がせる男の醍醐味《だいごみ》をよぉ」

股間を押し出すようにして自分のそれがいかに立派だったのかを誇示しつつ、浮き世の思い出を噛《か》み締める土方の逞《たくま》しさに呆れた。

「そんなだから殺されるんですよ。大体、人妻に手を出すなんてもってのほかですよ」

「陸《オカ》にいる時は楽しまねぇと、なんのために働いてると思ってるんだ」

「オカ？」

「俺は蟹船《かにぶね》に乗ってたんだよ。俺ら漁師は陸上のことを陸って言うんだ」

相手が漁師だということは聞いていたが、蟹船だったとは驚きだ。

『蟹工船《かにこうせん》』という文学作品を読んだことがあるが、当時の労働環境の過酷さが窺える。人が人として扱われないような労働を強いられることもめずらしくはなく、そういった男たちの性欲の捌《は》け口として女もまた性の奉仕を強要されてきた。

日本が発展していく中で踏《ふ》みにじられた者たちが、確かにいる。

このふざけた態度の男が、そんな時代に生きていたのが信じられなかった。

「それって、かなりきつい仕事なんですよね？」

「命《いのち》懸《が》けだからな。俺は海で死ぬもんと思ってたが、まさか女しか殴れないようなあんなクズに殺《や》られるとはな。油断してた」

「だから、それはあなたが人妻に手を出すから」

「人妻だけじゃねぇぞ。男も女も俺の虜だった」

「何自慢してるんですか」

「男は遊んでなんぼだろうが」

その言葉に、また時代の差を感じる。

昭和初期に生きた男にとっては、そういう価値観もめずらしくはないのかもしれない。女性の地位は今より遥《はる》かに低かったし、男性中心に世の中は回っていた。姦通罪で罰を受けるのが女性だけというところからも、それがよくわかる。

「ん？　どうした。変な顔しやがって」

「いえ。土方さんは本当に幽霊なんだなぁって」

「なんだそりゃあ」

半透明の男を前にして今さらなことを言ってしまい、笑われる。

それから安田は、時折下ネタ混じりで横から茶茶を入れてくる土方の相手をしながら捜索を続けた。けれども手がかりらしきものは見つからず、その日も昼はそうめんで済ませて午後から再び蔵の中に籠《こ》もる。終わりの見えない作業だ。

「この辺りはもう全部見ましたよね」

「そうだな。だが、あっちもまだあるぞ。あの辺りに置いてある家具も初の家にあったもんだからな」

「は～、あれもですか」

その多さに気が遠くなり、手近にあったものに手を置いて寄りかかった。それがいけなかったらしく、積み上げてあった荷物が崩れてくる。

「うわ……っ！」

「──危ねぇ！」

咄嗟《とっさ》に目を閉じて身を縮こまらせた。だが、衝撃はこない。

（……あれ……？）

恐る恐る目を開けると、土方が安田に覆《おお》い被さるようにしていた。落ちてくるものから守ってくれたのだろう。意外に優しいところがある。

しかし、感心しているどころではない。

「おー、危なかったな」

「あの……っ、土方さん、今俺の盾になりました？」

「ああ、咄嗟にな」

「幽霊なのに、どうして盾になれたんですか？」

「お！」

土方も今初めて気づいたという様子で、自分の両手を見た。そしていきなり両腕を広げて抱きついてくる。しかし、土方は安田の躰をすり抜けて前につんのめっただけだ。拍子抜けした。

「あれ、すり抜けちゃいましたね」

「そうだな。さっきは確かに手応えも感じたんだがな。気合いみたいなもんがいるのか」

「でも、なんでそれを確かめるために抱きつこうとするんです」

男も女も嗜《たしな》んだという土方だからこそ、警戒をしてしまう。自分にそれだけの魅力があるとは思っていないが、先ほどの話から老若男女はもちろん、美醜問わずといった感じなのだ。悪食《あくじき》なら自分もその対象になり得ると身構えた。

「まぁ、あれだ。人肌が恋しいんだよ。ずっとやってねぇからな」

「何をいけしゃあしゃあと。相手を選ぼうとは思わないんですか」

「そう固ぇこと言うなよ。ハグくらいいいだろうが」

「ハグは知ってるんですか」

「ああ、ここのばーさんがテレビ見てたからな。ありゃいいな。いつでもどこでも抱擁《ほうよう》ができるなんざぁ、いい時代になったもんだ」

「いつでもどこでもじゃありませんよ。それにあれは挨拶ですよ、挨拶。あなたは挨拶で終わらないでしょう」

幽霊であることよりも、性欲漲《みなぎ》る不良オヤジであることのほうが厄介だ。むしろ幽霊でよかったかもしれない。こんな所構わずの男が生きていたらトラブルばかり起こしてとんでもないことになりそうだ。

幽霊だからこそこうして一緒にいるハメになったのではあるが……。

「あれ？　土方さん」

その時、安田はあることに気づいた。

「なんだか濃くなってませんか？」

うっすらした姿だったのが、随分と色が濃くなっているようなのだ。触ろうとすると素通りするだけだが、最初に見た時と比べるとかなりはっきりしている。

「そういやそうか？　あんたと一緒にいるからかもな」

「なんでそうなるんです」

「特殊《とくしゅ》なオーラみたいなもんが出てると言っただろうが」

「悪い霊は触れると火傷みたいになるっていうのですか？」

「そうだ。その逆で、いい霊には力を与えるんじゃねぇか？」

「それって自分がいい霊だって言いたいだけでしょう」

軽く突っ込むが、少しも悪びれず笑っているだけだ。その笑顔はどこか憎めず、男も女も虜にしてきたという本人の話も納得できる。

悪さをしても許されるタイプはいるのだ。

安田も土方の言動に呆れつつも、好感を抱き始めている。殺された無念はあってもその子孫を呪うという発想に至らないところにも、そのひととなりが窺えた。よく考えれば、自分を殺した男への恨みつらみを口にしたりもしない。

一日も早くなくしたものを見つけ、成仏させてあげたいと思うようになる。

土方の吸うキセルの匂いがした気がした。

尾形から連絡があったのは、屋敷の掃除をいったん中断し、そこからタクシーと電車を使って一時間半の場所にある自宅に戻ってからだった。

自宅といっても親戚の名義で、古書店と繋がっている一軒家だ。管理がてらそこに住まわせてもらっている。親戚は年老いて隠居したがっているが、古い映画のパンフレットや貴重な初版本などもあり、マニアの間では有名な古書店なだけにそう簡単にはいかない。多くの貴重な本の行き先を決めるのもかなり骨の折れることだ。

また、息子夫婦は遠方に住んでおり、そちらで家を建てて戻ってくる予定はない。蔵書についての価値もまったくわからないため、名義はそのままに、あとのことは学生の頃から手伝いをしていた安田に任せたいというのだ。

安田にとってもいい話だったため、雇われ店主のような形で今は落ち着いている。

「一生、いるか～？」

出入り口のカウベルの音に、奥の部屋にいた安田は店に出ていった。

レジの後ろはガラスの引き戸になっており、その奥にある畳敷きの部屋にちゃぶ台やテレビを置いてあり、客がいない時はそこで過ごせるようになっている。

「よ。元気か？　ごめんな、急に電話して。今日はくろすけはいないのか？」

くろすけというのは、近所で飼われている黒猫のことだ。この古書店が気に入っていて、毎日のように通ってきてはカウンターの上で寝ている。段ボール箱や紙が好きらしく、店内に本が多く紙の匂いがするのもここに入り浸る理由の一つだろう。

「ご飯食べたら出ていった」

「いいなぁ、猫は。気ままな生活でさ」

尾形からは、努めて明るく振る舞おうという気持ちが感じられた。けれどもどこかぎこちない態度は否定できず、まだ引き摺《ず》っているとわかる。

「この前は本当に悪かったな」

「もういいよ。忘れるから、お前もいつまでも気にするなって」

「忘れてもらうのも困るんだけどな」

まだ諦めていないのかと、気が重くなった。はっきり断っても効果がないなら友達でいることすら難しいと言ったほうがいいのかもしれない。

「執筆中だったのか？」

尾形は、ガラス戸の向こうの部屋を覗き込んだ。

「あー……、いや、別に」

店番をしながら捜していたのは、古い新聞記事だ。インターネットで登録すれば、過去の新聞記事が読めるサイトがあるのを見つけた。それを使い、昭和初期に起きた事件を調べている最中だ。

土方の記憶によって日時もある程度わかっているため、絞り込むのはそう難しいことではなかった。だが、まだ見つからない。やはり表沙汰になっていないというのは本当のようだ。闇に葬《ほうむ》られた事件なら、土方の大事なものがどうなったのか知りようがない。

「そう邪険にするなって」

「ごめん、そういうつもりは……。本当にお前とはいい友達でいたいんだよ」

「考える余地なしって？」

「謝ってんだろうが。ったく、お前はネチネチネチネチしつけぇな」

そう言ったのは、隣で様子を見ている土方だ。地縛霊のはずだったが、安田と会ってから縛りが解けたらしい。ここまでついてきてしまった。尾形が除霊師だからか、初に似ているという安田を襲おうとしたからか、尾形に対する言葉は厳しい。

「だっていきなり好きだって言われても困るよ。俺、男だぞ？」

「わかってるよ。男が好きなわけじゃないんだ。お前のことが好きなんだよ」

「つまりこいつは男とやったことねぇってことか。やめとけやめとけ。慣れてない奴が中途半端に男色に走るとどうなるかわかってるか？」

「男色って」

思わず土方の言葉に反応してしまい、口を噤《つぐ》んだ。しかし、そうしたところで遅い。尾形に苦笑いされる。

「そういう聞き慣れない言葉を使われると、ドキッとするな。普通じゃないってわかってるよ。そう言いたいんだろう？」

「ごめん、そういう意味じゃないんだ」

「俺なら上手に抱いてやるんだがな。こいつには無理だろうなぁ、どう見ても床上手には見えねぇもんなぁ」

「俺だって悩んだんだよ。言っていいのかどうか」

「わかってるよ、尾形。お前が一方的に自分の気持ちを押しつける奴じゃないって知ってるから」

「それって牽制《けんせい》？」

「ケツの穴が裂《さ》けても知らねぇぞ。下手くそがやると血塗《ちまみ》れになるからな」

土方が横槍を入れてくるため、話しにくくてしょうがない。尾形には見えないが、安田には姿は見えるし声もしっかり聞こえる。土方がいないものとして会話をしているつもりだが、土方の話す内容が内容なのでどうしても気を取られてしまう。

「駄目かな？」

「ごめん、血塗れは……」

「血塗れ？」

その言葉が強烈に頭に残っていたのだろう。またもや土方の言葉を口にしてしまい、慌てて誤魔化した。

「あ、いや。なんでもない。なんていうか……今日はちょっと……本当に都合が悪いんだ。やることが山積みでさ。まだ掲載月は決まってないけど、雑誌用の短編のプロットを出すよう言われてて、いい加減叩き台だけでも出さないと見放されそうで」

「そうか。そうだよな。こっちこそごめん。お前に嫌われたかもしれないと思って気持ちが焦ってさ、早く挽回《ばんかい》しなきゃって。こんなんじゃますます嫌われるな」

尾形は、自分の躰をさすりながら店内を見渡した。

「ところでここひんやりしてるな。肌寒いくらいだ。外はあんなに暑いのに」

そう言いながら店内を歩いて見て回る。その隙に安田は土方にこれ以上引っかき回されないようせっついた。

「ほら、あっちに行っててくださいよ」

「どうせ見えねぇだろうが。あの鈍臭《どんくさ》そうな黒猫すら俺の存在に気づいてんのに、何が除霊師だ。畜生以下じゃねぇか」

「いいから！」

渋々ながらも土方が部屋の奥へ移動するのを確認した安田は、その姿がまた濃くなっていることに気づいた。日に日にはっきり見えてくるのだ。

「なぁ、安田」

「え？」

「ここ、時々ぞくっとする。前からこんなだっけ？」

「あー……、本棚が天井近くまであるからかな。ちょっと薄暗いよな」

「実はさっきから何か感じるんだよな。屋敷からなんか連れてきたんじゃないか」

土方の存在を感じているようで、少々焦る。

「変だな。今までこういう感覚は味わったことがない。除霊が必要な悪霊の類いならもっとはっきりわかるんだけど」

「じゃあいい霊じゃないか？」

「そういうのとも違う。なんかこう……言葉で伝えるのは難しいんだけど。お前ってさ、ちょっと他の人とは違う空気を持ってるんだよな。それに影響されて頼ってついてきてるのかもしれない」

　それは土方の言っていた特別なオーラのことだろう。土方は出来損ないと言っていたが、さすが除霊師だ。現状をピタリと言い当ててしまった。

「もう一回屋敷を見せてもらえないか？　お前に会う口実じゃなくて、本当に心配なんだ」

「うん。いいけど……そのうちな。余裕ができたら連絡するよ」

「そうだな。じゃあ、今日はもう帰るよ。ごめんな、無理に押しかけてきたみたいで」

「いいよ、友達だろ」

　その言葉に複雑な笑みを浮かべると、尾形は帰っていった。いい奴なのに……、と残念に思いながらそれを見送る。

「あ～、どうしてこうなっちゃったんだろ」

　ため息とともに嘆きを零し、部屋に戻る。そして、土方がキセルを吹かしながらちゃぶ台の前に座っているのに気づいた。

「インターネッツってのは便利だな」

「インターネットです」

即座に突っ込むが、安田が見ていたのとは別のページが表示されている。

「あーっ！　何してるんですか！」

画面に出ているのは、女性の裸だった。アダルトサイトにアクセスしている。

「どうやってここまで辿《たど》り着いたんですか。っていうか、なんで操作できたんです？」

「さぁな。触ってはねぇぞ。ただ、画面にいろいろ出てやがったから、指示どおり動かしてみただけだ」

実際にマウスを動かして操作したのではないらしい。以前、オカルト番組で取材中に電気が点いたり消えたり機材が不具合を起こしたりなどといった現象を放送していた。

そういったことから、霊が実際にマウスを動かしたりせずともパソコンの操作ができるのはなんとなく納得できる。

「あんまり悪戯しないでくださいよ。架空請求とかきたらどうするんです」

「なんだそれは」

「お金を請求されるんですよ」

「無料って書いてあるぞ」

「だから『無料』で釣って有料のところに誘い込まれるんです」

早いところこの玩具《おもちゃ》を取り上げなければ土方は何をするかわからないと、ノートパソコンを閉じようとした瞬間――。

『あん、あん、ぁあんっ、あんっ、やんっ、やぁぁん、おっきぃ～～～～～っ』

パソコンからはしたなく喘ぐ女性の声が大音量で聞こえた。音量の調節など朝飯前なのだろう。油断ならない。

「ちょっと！　やめてくださいよ！」

土方はゲラゲラ笑っている。完全に遊ばれているが、ここでムキになればますます土方を調子づかせてしまうと思い、気持ちを落ち着かせてパソコンを取り上げた。

「もう、仕事の道具なんだから勝手に使わないでください」

「案外簡単なんだな。まさかこういうことができるようになるとはな」

「変な技は覚えなくていいです。成仏するんでしょ。悪戯ばっかりしてたら地獄に落ちますよ」

「適当なことを言うな」

「幽霊なら幽霊らしく振る舞ってくださいって言ってるんです」

「そう固ぇこと言うなって。地縛霊としてあの屋敷にずっと縛られてたんだぞ。ちょっとくれぇ愉《たの》しんだっていいだろうが」

言いたいことはわかるが、この自由奔放《じゆうほんぽう》な男を好きにさせるのは危険だ。

「いいから、この部屋でじっとしていてください。テレビくらい見ていいですから」

「わーったわーった。大人しくしてるよ。しかし、お前の力はすごいな。どうやっても敷地の外には出られなかったってーのに、お前についてきたらすんなり離れられた」

そう言うと、土方は畳に寝そべりキセルを吹かし始めた。素直に言うことを聞いてくれた土方にホッと胸を撫《な》で下ろしてパソコンに向かって調べものの続きを始めた。

電子機器の操作を覚えた土方は、テレビをつけたりチャンネルを変えたりしている。いわゆる霊障といわれる、世間では恐怖を誘う現象だ。それなのに、同居人がいるのとそう変わらない。

(透けてなきゃ普通なんだけどな)

今見ているのはワイドショーだ。着流し姿でキセルを吹かしているが、普通に現代に馴《な》染《じ》んでいる。土方があまりに幽霊らしくないからか、安田の感覚も麻痺《まひ》して霊と一緒にいることが普通になっていた。この状態に慣れてはいけないと思いつつ、すっかり受け入れてしまっている。

土方がよりはっきり見えるようになってきたのも、そう思う原因の一つだった。

土方がいない。

それが起こったのは、さらに五日が過ぎてからだった。

手がかり捜しは遅遅として進まず、しかもしばらく連絡をしてこなかった出版社の担当から次の作品のプロットはどうなっているのかと催促の電話があり、のんびりしていられなくなった。来週までには叩き台を見せると約束したため、作りかけのプロットを完成させなければならない。

区切りがつくと、疲れをため込んだ安田は早めに風呂に入ってテレビをつけた。

「あ～、疲れた。あ、こら。お行儀悪いぞ。家に帰らなくていいのか？」

ちゃぶ台の上に座っているくろすけに声をかけると、安田の言葉がわかったように「にゃあ」と鳴いて起き上がり、背伸びをしてから下におりた。そして、くろすけの体の下に紙があったことに気づく。座布団やマットはもちろんのこと、くろすけは紙一枚でも敷いてあるとそこを選んで座る。

くろすけがちゃぶ台に乗っていたのはこのせいかと思い、紙を手に取った。置き手紙だ。

「……え、なんで」

そこには、少し遊んでくると書いてあった。

パソコンやテレビを操作するのとは違って、これは信号を送るのではなく物理的に物を動かさなければならない。つまり、ちゃんとボールペンを握って書いたということだ。まさかそんなことまでできるようになっていたなんてと、土方をちゃんと見ていなかったことを後悔した。

「しかも達筆だ」

思えば蔵の中で物が落ちてきた時は、盾になってくれた。あの時あんなことができたのだ。何か実体化するコツを摑んだのかもしれない。

地縛霊としてあの土地にずっと縛られていた土方が、屋敷の敷地から出られるようになったうえにこうして物に触ることもできるようになった。

もし、羽を伸ばしにどこかに行っているのだとしたら、大変なことになる。

「くろすけ。俺今から出かけるから、おうちに帰ってろ」

足にすり寄ってくるくろすけの頭を撫でて窓から外に出すと、急いで着替えてタクシーに乗った。いきなりまったく土地勘のない場所に行くとは思えず、昔から栄えている駅前に向かう。

駅前に到着するとスナック、居酒屋など、土方が行きそうな場所を覗いて回った。

そして、五軒目の居酒屋を覗いた時、安田は自分の勘が正しかったと思い知るのと同時に、信じられない光景を目の当たりにした。

「ひ、土方さん！」

土方は、客としてカウンター席に座っていた。他の人にも見えているようで、店主が熱《あっ》燗《かん》を土方に渡している。透けてもいない。どこから見ても普通の生きている人間だ。めずらしい着流し姿さえ、土方のような男が身につけていると粋なオヤジという感じがして違和感はない。

ゴクリと唾を飲み、恐る恐る近づいていった。

「よぉ」

「な、何が『よぉ』ですか。何普通に客としてカウンターに座ってるんですか」

小声で言いながら、土方の腕に触れてみる。触ることができた。体温まである。本当なのかとぐっと掴むと、弾力のある筋肉が指を押し返してきて生命力すら感じた。

「これ、どうしたんですか？」

「さぁな。一昨日くらいからな。あの黒猫がすり寄ってきやがってよ、思わず撫でたら触れることに気づいてよ。普通に実体化しちまった」

「生き返ったとか？」

「あほう。死んでるよ」

「死んでるって言われても」

「生きてるわけねぇだろう」

こんな会話をしていることに、頭を抱《かか》えたくなった。どう見ても生きている人間にしか見えない死んだ人間に「生き返ったのか?」と聞き、「死んでいる」と返される。ややこしい。

「この時間は見えてるらしいんだよ。触れるしな」

「黙ってましたね」

その言葉に、土方は知らん顔で日本酒を呷《あお》った。この男に反省の二文字はないのかと呆れる。

「お金はどうしたんです?」

「金? そういや忘れてたな。幽霊生活が長いとそういう決まりごとも忘れちまう」

「俺が来なかったらどうするつもりだったんです?」

「消えりゃいいじゃねぇか。昨日は夜中の二時くらいまでしか実体化してなかったぞ」

「それを無銭飲食って言うんですよ! 帰りましょう」

連れていこうとするが、土方は座ったままそこから動こうとはしない。

「せっかくのチャンスだろうが。やっと敷地から出られるようになったんだ。この状態がいつまで続くかわかんねぇんだし、ちょっとくらい遊んでもバチは当たんねぇだろう」

そう言いたくなる気持ちはわからないでもないが、この状況をどう受けとめればいいのか安田は戸惑うしかなかった。

「本当に飲むだけで終わるんですか」

「あんたもやれよ。最近手がかり捜しで疲れてんだろう？　店番と自分の仕事もしてるし、その細い躰で頑張《がんば》ってるんだ。ご褒美《ほうび》だよ」

代金を支払うのは自分なのに何がご褒美だと反論したくなるが、そうする気力もない。ため息をついて隣に座った。ここで揉めるより、酒を楽しんでストレスを解消してもらったほうがあとあといい気もする。

「そもそも食べたり飲んだりできるんですか？」

「できるな。旨いぞ」

そう言って焼き鳥を頬張《ほおば》る土方を、安田は凝視していた。

（幽霊が、飲み喰いしてる……）

土方の食べ方は、とても幽霊とは思えなかった。野性的というか豪快というか、蟹船に乗って危険な漁をしていたのも納得できる。串を次々に裸にしていき、モツの煮込みや魚の塩焼きも胃に収めていった。しかも、酒豪ときている。財布の中身を心配すべきだろうが、見ていて気持ちいいくらいの食べっぷりに、そんなことも忘れていた。

「なんだぁ？　俺はそんなにイイ男かぁ？」

あまりに凝視しすぎたのか、安田の視線に気づいた土方は流し目を送りながらニヤリと笑った。その表情に思わず心臓がトクンと鳴る。

決して真面目ではない、だがどこか魅力を感じさせる相手だ。もう死んでいる人間なのに、こんなふうに交流を持つことになったのが不思議だった。

「ち、違いますよ。土方さんは幽霊らしくないからめずらしいんです」

「だからお前の力が影響してるんだよ。多分な」

「多分なって……そんな適当な」

「お前には妙な力があるぞ。俺は死んでるからよくわかるんだけどな、こう……力が漲るっていうかな。だからあやふやな存在だった俺が姿を見せられるようになったんだよ」

そうは言うものの、きっかけは安田が尾形に迫られているのを見て初が男に襲われていると思ったからだ。しかも、もし自分にそんな力があるのなら、他の霊にも影響を与えるはずだ。もっと不思議な体験をしているだろう。

そう意見すると、土方は愉しげな顔をする。

「相手にもよるんじゃねぇか？　それに、あんた自分じゃ気づいてねぇが、結構影響を与えてるんだぞ」

「そんな怖いこと言わないでくださいよ。まさかまた俺が気づいてないだけで誰かが幽霊だったなんて言うんじゃないでしょうね」

「違うよ。消滅しかけてた霊が、あんたに触れて力を取り戻してたぞ。子犬の霊だったが、運がよけりゃ成仏できるかもな」

にわかには信じられなかったが、そんな嘘をついたところで土方になんの得にもならないことを考えると本当なのだろう。

小さなものでも何かを救うことができたのなら嬉しい。

その時、子供の笑い声が聞こえた。まだ三歳から五歳くらいだろうか。奥の個室から女の子が二人出てきて店内を走り始める。それを見た土方の眉間に深い皺《しわ》が現れた。

「なんでガキがこんなところにいるんだぁ？」

親と食事にでも来たのだろうが、子供がおとなしく座っていられる時間は限られている。空いている席の椅子の下に潜り込んだりテーブルの上の調味料を手に取ってみたり、やりたい放題だ。ここが居酒屋でなく、こんな遅い時間でなければ微笑《ほほえ》ましい光景だろう。

土方は無言で立ち上がると、子供たちに近づいていった。

「おいコラ！　大人の場所にガキが来るんじゃねぇ！」

腕を摑み、自分のほうを向かせる。その形相は大人でも怯《ひる》ませるほどのもので、子供は一瞬目を丸くして黙ったかと思うと、店内に響く大声で助けを求めた。

「ぎゃ～～～～～～～～～～～っ！　ママ～～～～～～～～～～～～～～～ッ！」

いきなり土方のような体格のいい男に摑まれて怒られれば、泣きもするだろう。さすがに可哀想《かわいそう》だが、この時間に子供が居酒屋にいるのもいただけない。もう十一時を過ぎている。

すると、しかも店内を走り回っていたのに、親は何をしているんだと辺りを見回した。

するると、個室から中年の女性が出てくる。

「ちょっと、なんですか！　他人の子供を捕まえて！」

「ぁあっ!?　あんたのガキか？　なんでガキがこんなところにいるんだぁ？」

二人はいきなり喧嘩腰で話を始めた。店内にいる客の視線が一気に集まる。

「家族で食事くらい来るでしょ？」

「ガキのうるさい声聞きながら酒飲めってのか？　こっちは楽しみに来てるんだよ。こんな夜遅くにガキを遊ばせてどういうつもりだ？」

「子供にだって権利はあるでしょ？」

「そんなもん自分の喰《く》い扶持《ぶち》が稼《かせ》げるようになってからだよ！　女のくせに生意気だな。そもそも女がなんでこんな時間にほっつき歩いてるんだ？」

現代社会に馴染んでいるかと思えば、やはり時代のギャップは完全には埋まっていない。

「ちょっと土方さん！」

慌ててとめに入るが、土方はすっかり怒っていて手がつけられなくなっている。

確かに、昭和初期は子供がこんな時間に外にいることはなかっただろう。そもそも、小さな子供を連れてくる場所ではない。けれども土方のほうもキセルの煙をわざと彼女に吹きかけるような真似をしたうえに、『女のくせに』などと暴言を吐いている。

「ちょっとお客さん、困るんですよ。他のお客さんに迷惑なんで……」

「あんたもあんただ。ここは酒を出す店だろうが。女子供相手に商売してんのか？」

火に油を注ぐ土方に、相手の女性の両耳を塞ぎたくなった。これ以上ここにいると警察沙汰になってしまう。

「わ〰〰っ、土方さんやめてください！　す、すみません、すぐに連れて帰りますんでお勘定を……っ！」

揉め事はごめんといったところだろう。店主はすぐさま会計を始めた。支払いを済ませると、何度も頭を下げながら土方を引き摺るようにして店の外に出る。だが、土方は不機嫌そのものだ。

「あの……昔と今は違うってのは、なんとなくわかってるでしょ？」

「わーってるよ！」

それならなぜ喧嘩なんかするのだと、深く項垂《うなだ》れた。土方から目を離してはいけないと痛感した一夜だ。もう二度と他人に接触させてはならない。

「今日はもう帰りましょう。もう十分楽しんだ……、――え……」

振り返ると、土方はいなかった。辺りを見回すと、少し離れたところで言い争いをしている。相手は五十過ぎくらいの二人の男性で、腕に腕章をつけていた。

「ここは禁煙区域ですよ」

「なんだぁ？　タバコ吸ってどこが悪ぃんだ？」

どうやら街の治安を守るために商店街の振興組合などが行うパトロールらしい。駅周辺が禁煙区域だったことを思い出し、店を出る時にキセルを没収しておけばよかったと後悔した。

男性の胸倉を掴む土方を見て血相を変える。

「わ〰〰〰〰〰〰〰っっっ、待って待って待って、待ってください……っ！」

ここで暴力沙汰を起こすわけにはいかないと、安田は振り上げられた右腕に全力で飛びついた。


どうしてこんなおっさんの世話なんか。

土方と出会って三週間。安田はすっかりやつれていた。霊に取り憑《つ》かれたからというより、土方に振り回されたからと言ったほうがいいだろう。

あれから土方は明け方まで実体化していたが、太陽が昇る頃に再び後ろが透けて見え始め、何かに触ろうとしてもすり抜けるようになった。実体化が時間限定なのは確かなようで、それだけが救いと言えるだろう。

二十四時間自由に行動されたら、たまったものではない。

その日は、朝から古書店の仕事で外出していた。土方もついてきたが、やはり誰もその存在には気づいていない。相変わらず横から茶茶を入れてきて会話がしづらいが、他に困るようなことはなかった。

外出は映画の貴重なパンフレットの買い取りが目的だったが、状態のいいものが手に入ったのは幸運だった。遺品として押し入れの奥に長いこと保管されていたらしく、日焼けや折れは一切ない。

上映時間が極端に短いものやリバイバルして話題になったものなど、市場の価格が上がっているものがいくつかあったのもありがたい。古書店に戻ってくると数十冊もあるコレクションを一つ一つ丁寧に袋に入れていく。

本業である小説は三度目にしてようやくプロットが通り、執筆に取り掛かったところだ。だが、初っぱなから躓いてしまい、苦戦している。それだけに早く本職のほうに取り掛かりたく、袋づめの作業の手も急ぎがちだ。

すべて包み終えると、バンザイをしながら後ろに倒れ込んだ。

「はぁ〰〰〰、疲れた」

声に出して言い、土方のことを考える。

今は二階で酒を飲んでいるはずだ。このところ実体化できる時間が少しずつ長くなっている。土方曰く、初めてそうなった時は二時間ほどで元に戻ったらしいが、今は夕暮れ時から朝の五時頃までその状態が続くこともある。

この現実は受け入れがたいが、逆にあまりにあり得なさすぎて土方が死んだ人間であることを忘れる時がある。透けている時ですらその言動は幽霊らしくないが、実体化している最中はただの手の焼けるオヤジなのだ。混乱する。

「このまま普通の人間みたいになったらどうしよう」

さすがに土方をずっと養っていくことなどできない。だが、いきなり一人で生きていけなんて現代に放り出すこともできない。昭和初期に生きた人間が現代にすんなり溶け込めるとは思えなかった。

(でも、土方さんの言ってることは案外筋が通ってるんだよな)

言葉は乱暴だが、育った時代背景を考慮《こうりょ》すればおかしなことは言っていなかった。

悪い人じゃないのだろうと天井の染みを見ながらぼんやり考え、そして、ふと二階が静かなことに気づいた。起き上がり、階段の下から声をかける。

「土方さ〜ん」

返事はなかった。どこにも行くなと言ったのに、また一人で出かけたのかと慌てて階段を駆け上がる。

「土方さんっ!」

土方のために用意した部屋は、もぬけの殻《から》だった。

「……いない」

愕然《がくぜん》とし、一応隣にある自分の部屋も覗いた。しかし、そこにもいない。

またどこかでトラブルでも起こされたら大変だと、慌てて階段を下りていった。しかし、自分の靴に足を突っ込んだ瞬間、玄関の引き戸がガラリと音を立てる。

「帰ったぞ〜」

普通に帰宅する土方に、安田は脱力のあまり膝から崩れ落ちた。両手を床について恨めしげに土方を見上げる。

「お、お帰りなさい。どこ行ってたんです」

「屋台でおでん喰ってきた。ほら、あんたにも土産《みやげ》だ」

「お金はどうしたんです？」

「奢りだよ。散歩してたらよ、トラックに荷物積み込むのに難儀してたオヤジがいてな。声をかけたら腰痛がひどいって言うから運ぶのを手伝ってやったんだ。そしたらお礼に好きなだけ喰ってけって言われてな」

困っている人を当然のように助けるなんて、できそうでそう簡単には実行できない。自分ならそんなふうに気軽に声をかけられないだろう。余計なお世話かもしれないなどといろいろ考えてしまい、結局何もできずに終わってしまう。

「そうでしたか。俺のぶんまでありがとうございます」

「熱いうちに喰え。旨いぞ」

「そうですね。いただきます」

何事もなく土方が戻ってきてよかったと思い、台所に行っておでんを皿に移してテーブルについた。いい匂いに腹の虫がグーと鳴り、箸《はし》を持って手を合わせる。

「いただきま〜す。……ん、美味しい」

しっかり味が染みた大根は箸がスッと入っていくし、牛すじはトロリと蕩《とろ》ける。がんもは出汁《だし》をたっぷり吸っていて、口の中に入れるとそれがじゅわっと溢《あふ》れた。

「おいおい、ガキみてぇに零すなよ」

「ふみまへん、れもおいひいれす」

ティッシュで口を拭き、さらにしらたきに手をつける。日本人にはやっぱり出汁だ……、とその美味しさをしみじみと味わう。

「しかしどうした？　さっきは浮かねぇ顔してたぞ」

顔に出したつもりはなかったが、安田が心に抱えていた心配事に土方が気づいたことに驚いた。豪快さばかりが目につくが、他人の気持ちに敏感なのは繊細《せんさい》な心も持っているからなのかもしれない。

思えば初に対しても、旦那に殴られたりしていたと同情を口にしていた。

「もしこのまま土方さんが人間になったらどうなるんだろうと思って」

「んなわけねぇだろ。心配性だな」

「でも、幽霊が実体化するなんてことすらあり得ないことですよ。それが実際に目の前で起きてるんですから、どんなことだって起こり得ると思わないんですか？」

「だったらそれでいいじゃねぇか」

「でも、仕事を探すって大変ですよ。履歴書とか免許証とか。俺が土方さんを一生養うなんてできないし」

「おめーみてぇのが俺を養うのか？　百年早ぇよ。それに、俺は何やっても喰ってける。俺は漁師だぞ。体力には自信がある。また蟹船に乗ったっていいしな」

頼り甲斐のある言葉に、自分が不安に思うことは何一つないと思えてきた。根拠などないが、土方がこのまま現代に蘇《よみがえ》ってもちゃんと生きていけるだろうという気になってくるのだ。

「そうですね。俺よく考えすぎだって言われるから、もうちょっと楽観的になったほうがいいですね。チンコもきっと見つかりますよね」

「そっちは楽観的にならなくていいぞー」

「あははは」

それからおでんを平らげ、洗い物を済ませて自分の部屋で雑誌用の小説の仕事を再開する。隣の部屋からテレビの音が微《かす》かに聞こえてきて、口元を緩《ゆる》めた。いつもシンとした部屋で仕事をしていたが、こんなふうに誰かがいる気配を感じながらというのも逆に集中できる。そう考えると、幽霊との同居生活も悪くない気がした。

しかし、黙々と仕事をしていた安田の手は二時間ほどでピタリととまる。

「う〜ん、違う。なんか違う」

初っぱなから躓いた原稿は、やはり今日も上手く乗りきれなかった。強引にでも書き進めていると次第に集中して筆が進むこともあるため、何度消すことになろうがとにかく書くことを心がけているが、今回は気分や集中力の問題ではなさそうだ。

一度プリントアウトして読んでみるが、どこかすっきりしない。原因がわからず、何度も読み返すがますます何が悪いのかわからなくなった。

「あ〜、駄目だぁ〜」

疲れ果て、椅子から立ち上がってベッドの上に倒れ込んだ。オーバーヒートして煙が出そうなくらい脳味噌《のうみそ》を酷使した気分だ。考えすぎてこれ以上書けない。

その時、隣の部屋から近づいてくる足音に気づいた。引き戸がスッと開き、土方が顔を覗かせる。

「まだ起きてんのか？」

「あ、土方さん。土方さんこそまだ起きてたんですか？　っていうか幽霊って寝るんですかね？」

「なんだそりゃ」

笑われ、その表情に思わずドキリとした。時々、土方のちょっとした表情に魅入《みい》られることがある。呆れられたり笑われたりした時によくこんなふうになるのだ。

「何唸《うな》ってやがる」

土方はプリントアウトした小説に手を伸ばした。読まれるのが仕事とはいえ、中途半端な状態で担当以外の目に触れさせるのは抵抗がある。

「ちょっと駄目ですよ！」

「何だよ、いいじゃねぇか」

「途中なんですって。全部消すかもしれないし。読ませられるレベルじゃないんですから！」

「全部消すのか？　もったいねぇな。消えるもんならなおさら読ませろ」

「嫌です！　面白くないかもしれないし！」

「構わねぇよ」

強引に奪い返そうとしたが、片手で軽々と制されてしまう。こうなると諦めの境地になり、どうせ売れない作家ですよと卑屈な気分でいじけながら土方が書きかけの原稿を読んでいる姿をじっと見る。

普段は好き勝手行動して安田を困らせている土方だが、黙って原稿を読んでいる横顔はいつもと違って見えた。日焼けしていて野性的なのは変わらないが、文学青年のような印象を受ける。文字を目で追う静かな横顔に心臓がトクトクと落ち着かなくなった。

「へぇ。面白れぇじゃねぇか」

「！」

見惚《みと》れていたことに気づき、書きかけの小説を読まれたことも相俟《あいま》って赤面した。

「お、お世辞はいいです」

わざとふて腐れてみせるが、土方はニヤリと笑って安田を見下ろしてくる。それがますます恥ずかしくて目を逸らすが、土方の視線がまだ自分に注がれているのがわかるためいたたまれない気持ちになる。

「短編か？」

「はい。まだ掲載月は決まってないですけど。面白いものができたら載せてくれるんだと思います」

土方はしばらく無言で原稿を眺めていたが、ふと人差し指で顎《あご》を掻いてからボソリと言った。

「これよぉ、男のほうを主役にしたほうがいいんじゃねぇか？」

「え……」

「どうせ事件は二人で解決するんだろう？　どっちが主人公でも同じじゃねぇか」

「でも、プロット通ってるし、特殊設定を生かすならこっちのほうが……」

そうは言ったものの、土方のアドバイスは心に刺さった。

じっと原稿を眺め、頭の中でそれを想像して動かしてみる。

主人公は機械の声が聞こえるという特別な能力を持った素人探偵で、こちらを主役にするのがセオリーだと思い込んでいた。設定を生かしやすく、特別な能力を持ったが故に抱える悩みや不安も描きやすい。

だが、敢《あ》えてなんの能力もないほうを主人公にする。

「それいいかも」

かなり書き進んでいるが、このまま最後まで書くよりやり直したほうがいいだろう。迷いを抱いたまま書き進めるよりいい。

「ふん、いい顔になったじゃねぇか」

「え？」

「すっきりした顔してるぞ。どうせなら思いきり全部捨てちまうのもいいだろうが」

書いたものを捨てるなんてよくあることだが、実際にそう決断するには勇気が必要で躊《ちゅう》躇《ちょ》していたのは否定できない。編集者でもない人にそうするようアドバイスされると簡単に言ってくれるなと訴えたくなるところだが、あっけらかんとした態度で言われると逆に素直に受け入れられる。

「そうですね。思いきってそうします」

安田は再びパソコンに向かった。

一度決めてしまうと開き直ることができ、この原稿は一円にもならないまま捨ててしまうことになるかもしれないと思いながらも集中できた。つまらないものが金にならないのは当たり前だ。

時間を忘れて仕事をしていたが、ふと手をとめて顔を上げた。土方はいつの間にか隣の部屋に消えていて、テレビの深夜番組の音が漏れ聞こえてくる。

安田は先ほど見た土方の横顔を思い出した。野性的な外見やタバコを吸いながら飲み喰いしているところばかり見ているからか、静かに文字を追う姿が脳裏《のうり》から離れない。

いつもは手のかかる男だが、有効なアドバイスをしてくれたこともあってか、安田は土方を今までと少し違った目で見るようになっていた。

3

土方のアドバイスは有効だった。

新たに一から書き進めた原稿をキリのいいところまで書き終え、元の原稿と読み比べてみる。

土方の言うとおり主人公を替えたほうがしっくりくると感じた安田は、担当に連絡をして新たに書きかけた原稿と設定の見直しをしたプロットをメールで送った。

電話はすぐにかかってきて、その日のうちに来るという。

「それで……どうだったでしょうか？」

古書店の奥の部屋で担当と向かい合って座った安田は、緊張を隠せず意気込んでそう聞いた。一度ゴーサインが出たものを大きく変えたいなんて、結果を出せずにいる作家が言っていいのだろうかと思ったが、意外にも担当の表情は柔らかい。

「原稿とプロット拝見しました。こちらのほうが設定が生きてましたね。特別な能力を持たざる者から見た視点が新鮮でした」

「それじゃあ」

「はい。先生が思いきって提案してくださってよかったです。これからも遠慮せずご相談ください。期待してます」

「は、はい！　ありがとうございます！」

思わず声を張ると担当は目を細めて笑い、プリントアウトした原稿とプロットを鞄《かばん》の中に入れた。

「それから、掲載月のほうは調整中です。完成原稿があったほうが私も推しやすいので、早めに原稿を頂けると助かります。すみません、雑誌での実績がまだないのでなかなか予定が立たなくて」

「当然です。なるべく早く原稿をお渡しできるように頑張ります」

「お願いします。では、私はこれで失礼します」

売れない作家相手にも丁寧な態度を崩さない担当に、ありがたいと心の中で拝む。

「じゃあね、おでぶちゃん。お前はさっきから楽しそうでいいな」

彼がそう言った相手は、ちゃぶ台の横にいるくろすけだった。何もない空間を相手に遊んでいるのを不思議がっている。

実はくろすけの前には土方がいるのだ。担当はもちろん気づいていないが、くろすけには見えているらしく、土方の吐くキセルの煙にじゃれついて遊んでいた。

「また今月下旬にでも進行具合を伺います」

「はい。よろしくお願いします」

　頭を下げて店の外まで見送り部屋に戻ると、くろすけはまだ煙と戯《たわむ》れていた。はじめはフシャーッ、と逆毛を立てたこともあったが、この頃は土方の存在に慣れてしまったらしい。

「よかったじゃねぇか」

「土方さんのおかげです」

　無事に担当の了解を得ることができ、ホッとしていた。しかし新しい設定で書き直すとなるとペースを上げなければならない。いつまでもダラダラ書いていると、せっかくのチャンスを逃してしまいそうだ。

「あの……」

「わかってるよ。自分の仕事を優先しろ。俺のほうは急がなくていいから、そんな罪悪感丸出しの顔するな。お前頑張ってるからな、俺もお前の仕事が上手くいくと嬉しいぞ」

　てっきり捜すと約束したじゃないかと責められると思ったが、土方は意外にも優しい言葉を口にした。もう何十年もあの土地に縛られてなくしたものを捜し続けているというのに、自分のことはさておき安田のことを応援する。

　そんな態度を取られると、ますます土方の力になりたくなった。

「仕事の合間を縫《ぬ》って捜索もします。約束だし」

「ま、俺が実体化してる時は自分で捜せるしな。つっても夜限定だもんなぁ」

「蔵はほとんど見てしまったし、あとはまだコンタクトを取ってない親戚に聞いて回るくらいしかないんですよね。そっちで進展があるといいんですけど」

正直なところ捜索は手詰まりで、これ以上何をしたらいいかわからなかった。

「ま。焦ることたぁねぇよ。忙しくなるんだ。旨いもんでも喰って体力つけねぇとな。俺が作ってやろうか？」

「料理できるんですか？」

「漁師だぞ。魚捌《さば》いてやる。今から買い出しに行くか？」

土方が料理をするなんて想像してなかったが、テレビで見る漁師飯を思い出した。その場で刺身にするのはもちろんのこと、豪快に鍋で煮込んで食べる漁師飯は男の料理という感じがして期待してしまう。

「そうですね。冷蔵庫の中空っぽだし、今から買い物行きましょうか」

安田は出かける準備をしてから、土方と一緒に家を出た。担当の返事を聞くまで落ち着かなくて食事が適当になっていたが、さすがにこのままでは躰を壊してしまう。

近所のスーパーに着くと、土方は他人に見えないのをいいことにあれこれ見て回った。土方が生きていた時にはなかったものだ。屋敷に縛られていたため、めずらしいのだろう。そんな土方を宥《なだ》めて鮮魚コーナーへ向かう。

「土方さん、どれがいいですか？」

「鮮度はなかなかだな。港ならまだしも、店でこれだけ活きがいいとはな。だが、これ真《ま》鯛《だい》じゃねぇぞ。花鯛だ。晩飯はこいつにずるか。値切ってやれ」

土方が顎をしゃくって急かすと、ちょうど店員が出てくる。

「これ欲しいんですけど。あのう……」

どうしようか迷ったが、土方が言え言えと視線でプレッシャーをかけてくるため、思いきって指摘してみる。

「これ、真鯛じゃないですよね？」

「真鯛ですよ」

「違うだろうが。魚屋のくせに魚も見分けらんねぇのか？　それとも騙《だま》して売りつけようって魂胆なのかぁ？　尻尾の先の色が違うだろうが。そこが赤いのは花鯛だよ。真鯛は黒っぽい色してんだろうが」

さすがに土方の物言いまで真似はしなかったが、内容をそのまま伝えると店員は口籠もった。脅迫はどうかと思うが、花鯛を真鯛として販売しているなら強気になれる。

「あとここだ。このエラのところ。ここの色見ても真鯛じゃねぇな」

「あと、エラの特徴を見ても花鯛です。花鯛ならもうちょっと安くしてください」

さらに指摘すると、店員は困った顔で頭を掻いた。店頭で揉めるのはよくないと思ったのだろう。他の客に聞かれて困るのは店側だ。

「わかりましたよ。鯛は鯛でしょ。安くしときますから」

　そう言って店員は籠に入っていた三尾の鯛を袋につめた。三割ほど値引きしてもらい、鱈《たら》も買い足すとサービスで鰤《ぶり》のカマもつけてくれる。やはり真鯛じゃないとわかって売っていたようだ。

　戦利品を手にし、野菜なども買って家路につく。

「ったく、何が真鯛だあの野郎」

「でも、おかげでお魚が安く買えました」

「世話になってるからな。旨いもん作ってやるぞ」

「期待してます」

　自宅に戻ってくると買ってきた食材を冷蔵庫に入れ、再び仕事にかかる。土方は実体化するまで料理はできないため、くろすけを相手に店番をしてくれた。客が来た時に呼んでくれるだけでも随分助かる。

「じゃあ、お願いしますね。七時には閉めてしまっていいですから」

　そう言い残して自分の部屋に籠もった。客が来ることを気にしなくていいおかげで、集中できる。プロットを変えたことももちろんよかった。

　しばらく仕事に集中していたが、ふと顔を上げるといつの間にか辺りは暗くなっていて台所から物音が聞こえてくるのに気づいた。下りていくと、実体化した土方が包丁を片手に魚を捌いている。

「あ、すみません。気づかなくて。店も戸締まりしてくれたんですね。何か手伝いましょうか？」

「いいよ、お前は仕事してろ。息抜きしたいなら見ててもいいがな」

さすがに休憩したくて、遠慮なく休ませてもらうことにする。

土方は着物が邪魔にならないようたすき掛けをしていた。その姿がまたよく似合っている。素直に言うなら格好イイのだ。サマになっている。

しかも手際よく鯛を三枚に下ろして刺身にした。鱈は野菜とともに鍋に入れ、味噌を溶いている。いい匂いが漂ってきて腹の虫がグーと鳴った。コンロにかけてある土鍋からも美味しそうな匂いがしている。安田の視線に気づいた土方が、得意げな顔でニヤリと笑う。

「いい匂いがすんだろ？　鯛飯だよ。混ぜてくれ」

「鯛飯ですか。豪華ですね」

土鍋の蓋《ふた》を開けると真っ白な湯気とともにいい匂いが立ち上ってきた。鯛を丸ごと使った鯛飯だ。身をほぐして骨を取ってかき混ぜる。

鯛飯が完成すると、土方は刺身や鍋をテーブルに並べた。安田は夏に鍋なんてあまり食べないが、土方が漁師をやっていた頃は余った魚を使ってよく作っていたらしい。冷蔵庫の中でひからびかけていた大根も入っている。料理を並べ終えた二人は、向かい合わせに座って手を合わせた。

「いただきま〜す」

土方の作る料理は、豪快で美味しかった。箸が進む。

「これ、すごく美味しいです」

「そうか、そりゃよかった」

「あの……本当に、ありがとうございます」

「改まってなんだ？」

「土方さんのおかげで小説のほうも上手く運んでるし、こんなに美味しいご飯も食べられるし、ありがたいです。俺なんか、全然土方さんの役に立ってなくてすみません。必ず土方さんが成仏できるよう頑張りますから」

急に自分の無力さが申し訳なくなってきて、その思いを口にする。

「いいんだよ、一所懸命やってくれてんだろうが」

頭をくしゃっと撫でられ、心臓が跳ねた。大きな手は温かくて、優しい。大人になってからこんなふうに触れてきた人はいなかった。誰かと食卓を囲む穏やかさも手伝ってか、このまま土方がここにいてもいいかもしれないなんて、そんな考えが脳裏をよぎる。

(いけないことなのかな)

死んだ人間とずっといてもいいなんて変だろうかと、安田は自問した。いや、もしかしたら『いてもいい』ではなく、ずっと一緒にいたいと思っているのかもしれない。

その日の夜。安田は夜中まで机に向かっていた。土方は隣の部屋で一杯やっている。キリのいいところまで原稿を書き終えると、手をとめて顔を上げた。そして、夕飯の時に感じたことを思い出す。

土方と一緒にいたいと思っているのかという疑問――。

「まさか好きになったりはしてないよな」

口に出してみるが、そうしたところで答えが出るわけではない。あまり悩むと間違った思い込みをしてしまいそうで、わざと明るい声で笑い飛ばした。

「まさか。あははは……」

考えが妙な方向に向かっている気がして、仕事を中断して下にお茶を取りにいく。

「まだ起きてるのかな」

ペットボトルを手に部屋に戻ろうとした安田は、土方のいる部屋を覗いた。すると、壁に寄りかかり、窓の外を眺めながらチビチビ飲んでいる。着流しのせいか、風流な飲み方をするものだなと、その姿に見惚れてしまっていた。

よく騒ぎを起こす男とは思えないほど、静かだ。

何に思いを馳せているのだろう。降り注ぐ月の光が、土方をいつもと違って見せている。

「おう。仕事はどうだ？」

「……っ！」

安田の存在に気づいた土方と目が合い、ドキリとする。覗き見していた後ろめたさに襲われて、しどろもどろになりながら部屋の中に入った。

「えっと、はい。いい感じで進んでます」

土方の前に置かれた盆には、日本酒の他にモロキュウもあった。キュウリはカットせず、丸ごとザルに入れている。豪快だ。土方らしさを見て、なぜか安堵《あんど》する。

「ちょっと喉が渇いたんでお茶でも飲もうかと」

「喰うか？　水分補給にいいぞ」

キュウリを差し出され、土方の前に座った。もろみが美味しそうだ。

「じゃあ、いただきます」

先にもろみをつけて口に運んだ。パリッとした食感がいい。喉の渇きも潤《うるお》せる。

「いいですね。モロキュウ。居酒屋に行くとよく頼みます」

テレビもつけずに飲んでいた土方に、何か思うところがあるのかと尋ねたかったが、そんな疑問を口にしていいのかわからなかった。そっとしておいたほうがいいような気がして、無言でモロキュウを味わう。

「そういえば子供の頃に祖母の家に行ったら、近所の畑で取れたキュウリをそのまま食べてました。懐かしいなぁ」

「今はそういうのはあんまりしそうにねぇな。スーパーは便利だが」

「あはは。そうですね。土方さんが生きた時代はそういうのよくやってたでしょう？」

「俺は海の上かその近くにいたことが多かったからなぁ。だが、通りがかりに貰って喰ったことは何度かあるぞ。気前のいい奴も多くてな。無断で喰ったこともあったけどな」

「それ窃盗です。あ、すみません」

猪口《ちょこ》に酒を注がれ、いただくことにする。

「固ぇこと言うなって。一本くらいいいじゃねぇか」

同じ日本でも、今とは随分違う。今の話をＳＮＳでしたら、きっと非難囂々《ひなんごうごう》だ。おおらかなのか大雑把なのか、言い方で印象は変わるが、少なくとも窮屈な世の中ではない。土方が魅力的に映るのは、そんな時代に生きた人だからなのだろうか。

「もう一回親戚を当たってみますね。どこかに手がかりがあるといいんですけど」

「そんなこと気にしてんのか？　心配すんな。なんとかなるだろう？」

自分のことだというのに、適当すぎるのがおかしい。もっと切羽つまってもよさそうだが、でんと構えている土方は安田の焦りや申し訳ない気持ちを慰《なぐさ》めてくれた。

「でも、早く取り戻したいでしょう？」

「まぁな。恋しいかと聞かれりゃ恋しいねぇ。自分で握った感触なんかもう忘れちまいそうでよぉ」

土方は手で筒を作り、それを上下に動かしてみせた。随分と筒が太いようだが、それが本物の再現なのか見栄なのかはわからない。

「握りてぇなぁ。こう……自分を握ってよぉ、準備に入っていく感覚をよぉ、もう一回味わいてぇなぁ」

その時のことを思い出しているのか、土方はいい顔をしていた。自分はというと……、と記憶を辿るが、余裕で女性をリードしたことなどないため、思い出しても恥ずかしいだけだ。

「土方さんはモテたんでしょうね」

「当たり前だ。相手の奴はよ、目の前で色っぽい顔して俺を待ってるんだよ。そいつに俺のを見せつける時ってのが醍醐味ってもんでよ。お前もそうなんじゃねぇのか？」

「俺は……土方さんみたいに経験豊富じゃないですし」

「一度お前にも見せてやりてぇよ、俺の自慢のお宝をよぉ。取り戻したら、見せてやろうか？　俺が臨戦態勢に入った時の立派な姿を見たらお前も惚れるぞ」

「いえ、結構です」

本当にそうしそうで、即座にお断りする。しかし、土方の耳には届いていないらしい。

「俺のを見た奴はみんな驚いたもんだ。野郎なんて見るなりしゃぶりついてきてよ。可愛くても男は男だよなぁ。初は恥じらいながら目を逸らしたな。可愛い女だったよ」

自分と似ているという初の話まで聞かされ、なぜか妙に恥ずかしくなる。男友達とそういう話をしたこともない安田に、この話は刺激的すぎる。

「挿入の瞬間ってのはたまんねぇよなぁ。恥じらう相手の膝を開かせる悦《よろこ》びってもんを思い出しちまった。俺をあてがってやるとな、息をつめて躰を硬くしやがるんだよ。あ～、あの感覚をまた味わいてぇなぁ」

まるでそれが自分のものであるかのように、土方はキュウリを握った。安田の視線に気づいてニヤリと口元を緩める。

「言っとくがこんなに細くはねぇぞ」

「何も言ってないでしょ」

笑い、やはり土方のために一日も早くなくしたものを取り戻してあげようと決意を新たにした。

「捜しましょう。必ず捜して成仏しましょう」

自分に言い聞かせるようにその言葉を噛み締め、キュウリを囓《かじ》った。パリッと爽《さわ》やかな音がする。

「うん！　美味しいです！　……ん？　なんです？」

土方がじっと自分を見ているのに気づいてそう聞いたが、答えは返ってこない。だんまりを決め込んだまま見ているだけだ。意気込みすぎたかと思い、おずおずと土方の表情を窺う。

「あ、あの……」

「お前見てたらムラムラきちまった」

すぐに反応できなかった。少し間を置いてからため息混じりに言う。

「……あのですねぇ」

恨めしげに土方を見るが、どうやら冗談を言っているわけではないらしい。

「言っておきますけど俺は初さんじゃありませんからね」

「なんだ今さら。そんなこたぁわかってるんだよ。だがな、こちとら何十年もお愉しみとは無縁の生活送ってんだ。男ならそのつらさはわかるだろうが」

「だから俺に相手しろってことですか？　もう、寝言は寝て言ってください」

「試すくらいいいじゃねぇか。そう固ぇこと言うなよ」

「無理です」

「今上手にキュウリをしゃぶってただろうが。本当は誘ったんじゃねぇのか？」

「囓っただけです！」

「大丈夫だって。優ぁ〜しくしてやるからよ」

いやらしい言い方をされ、土方がいかに遊んできたのかわかる気がした。相手を上手く説き伏せて、とんでもないと思われることでもさせてしまう。そそのかすのだ。大丈夫だ心配ないと言って、その気にさせる。

土方の声やその言い方には、相手を惑わせる危険な匂いを感じた。

「チンコもないくせにセックスできるわけないでしょう」

思わずそんなきついことを言ってしまったのは、一瞬フラッと誘惑されそうになったことに気づいたからだ。男である自分が土方の誘惑に負けそうになったことを誤魔化したかった。

だが、イチモツを失った相手にこの言葉はさすがに放つべきではなかった。己の体裁を護るためにそんなことを口にしてしまい、さすがに悪かったと反省する。

「あ……、す、すみません」

「面白ぇこと言ってくれるなぁ」

さすがにムッとしたのか、土方は舌なめずりをしながらさらに近づいてきた。

「だから謝ってるじゃないですか。暴言は本当にすみませんでした。でも、できないのは本当でしょう？　気の毒ですけど、俺も頑張って土方さんのなくしたものを見つけますから、もう少し辛抱してください」

「辛抱ならなくてもどうしようもないことだって何度言ったら……あの……っ」

土方の手に握られているものを見て、何をするつもりか察しがついた。それに気づいた土方は、いかにもよからぬことを企んでいるという顔をしてみせる。

「な、何しようとしてるんですか」

嘘だと思いたいが、土方は誤魔化すでもなく堂々と言ってのける。

「異物挿入も案外いいもんだぞ」

ニヤリと笑う土方に、これまでにない身の危険を感じた。この男は本気だ。本気であんなものを挿入しようとしている。

安田は、このまま土方がここにいてもいいかもしれないと思った少し前の自分を張り倒したくなった。


「ちょっと待ってくださ……、——わ……っ」

自分の部屋に駆け込んだ安田は、扉を閉めようとして土方に阻止されて部屋の奥へと逃げた。勢いあまって尻餅《しりもち》をつき、振り返る。

後退《あとずさ》りしながら、心の中で何度もこう繰り返した——土方は極悪人だ。

自分を見下ろすその表情は恐ろしく、けれどもどこか魅力的だ。悪さをしてやろうという気持ちが瞳に浮かんでいて、生き生きとしている。死んでいる相手にそう思うのはおかしいが、他に表現のしようがなかった。

「まぁまぁ怖がるな」

「わ〰〰〰〰〰〰〰っ、待て待て待……っ、……っ！」

あっさり捕まり、畳の上に組み敷かれる。

首筋に顔を埋められた瞬間、快感の片鱗《へんりん》を植えつけられて声をあげそうになった。何十年もご無沙汰の土方とは比べものにならないが、安田もまた人肌とは随分と無縁の生活を送ってきたのだ。

最後にセックスをしたのは、いつだっただろう。

最後につき合った彼女と別れたのが六年前。ただでさえ男としての機能を使用していないのに、キュウリなんて挿入されたらどうなってしまうかわからない。

「待ってください！　待ってってって言ってるでしょう！」

「いいいっていいいって」

「何がいいんですか！　俺は男……、……ぁ……」

あれよあれよという間に開襟シャツのボタンを外され、ズボンの中からシャツを引き抜かれる。そして、優しく肌に触れられてゾクリとした。それは悪寒とはほど遠いもので、人肌を忘れかけた安田の中に眠る欲望を叩き起こすものでもあった。

「なんだ。まんざらでもなさそうだな」

「そんなこと……っ、……はぁ……」

唇の間から甘い吐息が漏れる。隠そうとしても、土方の熱い手のひらを無意識で追ってしまうのをどうすることもできない。なぜ体温を感じるのだと不思議に思うが、そんなことを考える余裕も次第になくなっていった。

「さてはずっと女を抱いてねぇな」

「土方さんには……っ、関係、な……、でしょう……っ、……はぁ……っ」

「じゃあなんだその声は。俺の抱いた男の中じゃあ、一番ってくらいイイ声が出てんぞ」

「何が……イイ、……声……、……ぁあ……ぁ……、……ぁ……ッふ」

土方の触り方は、意地悪で優しかった。躰の反応を見ながら弱い部分を見つけていく。少しでも反応するとそれを確かめるようにそこに集中的に触れ、そして焦らし、また触れてくるのだ。

「ちょ……っ、本当に……やめ……、……キュウリは、嫌です……、キュウリは……っ、

　組み敷かれ、脇腹をそろそろと撫でられながら胸板の辺りまで指先でなぞられる。漁師というだけあって、無骨な手はかさついていて指先も硬い。けれども日頃外気に晒《さら》すことの少ない安田の肌は、その荒々しい手が優しく触れてくる感覚に快感としかいいようのないものを感じていた。

「……はっ、……ぁ……、……っ、……ぁ……あ……っ」

「男もな、いいもんだぞ？」

「だから、……待……っ、――ぁ……っ！」

　逃げようとしたが、そうする気力さえ奪いにくる土方に判断力を奪われる。

（嘘……っ、……嘘……っ）

　受け入れがたい現実にそう繰り返すが、土方は容赦《ようしゃ》なく下へ下へと移動し、身につけていたズボンを剝ぎ取ろうとした。慌てて手で押さえるが、脱がすまでもなく土方は安田の状態に気づく。

「なぁ～んだ、こんなになってんじゃねぇか」

　見つけたぞとばかりに言われ、安田は恥ずかしさのあまり顔を真っ赤にした。嫌よ駄目よと口にしながら中心を硬くさせているなんて、屈辱以外の何ものでもない。しかし土方はそんなことは意にも介さずに、ズボンの中に手を突っ込んできて焦らすように下着の上
……ぁ……あ……ぁ」

から裏筋をなぞり始めた。

「――はぁ……っ」

「こうしてな、こんなふうに触ると気持ちいいだろうが」

「待……っ、触らな……っ、……ぁあ……っ！」

握られ、やんわりと上下に擦《こす》られる。最後に自分で処理したのがいつだったのかすらわからないほどご無沙汰だった安田にとって、相手が男でも巧みな指使いは理性を溶かすのに十分だった。

「ぅう……っ、……ぁ……ッふ、……んん……っく」

自分は淡白だと思っていたのは間違いだったのか、先端から溢れる蜜は信じられないほどたっぷりで、いとも簡単に愛撫の虜になる。

「いいんだよ、恥ずかしがらなくて。気持ちいいんだろう？」

「ん……、ぅん……ん、……はぁ……っ」

先端のくびれを指でなぞられてビクンと躰が跳ねた。その反応を見逃す土方ではない。そうかここがいいのかと、さらに刺激を与えてくる。

「ほら、出しちまえ」

「――ぁあ……っ！」

囁《ささや》かれた瞬間、安田は土方の手の中に白濁を放っていた。

あっという間に射精してしまい、信じられない思いでいっぱいになる。そんな安田を見て満足げに笑った土方は、今度は自分とばかりに床に置いていたキュウリを再び手に取り、安田からズボンと下着を手早く剥ぎ取って後ろに手を伸ばしてきた。

しかも、もう一つ新しいアイテムを手にしている。

「そ、それ……っ」

「ふふん。お前、いいもん持ってんじゃねぇか」

土方が手にしていたのは、軟膏《なんこう》のチューブだった。

古本はもちろん、小説の仕事でも紙を扱うことが多く指の水分を持っていかれるため机の上に常備しているのだが、土方は目ざとくそれを見つけたのだ。蓋を開けて指にたっぷり出し、にじり寄ってくる。

「俺は上手だからな。初めての相手でもちゃんとイイ思いさせてやるよ」

「いえ、結構です……っ」

「いいじゃねぇか。俺はできねぇんだからよ、ちょっと遊ばせろ」

「こんなことして……っ、愉しい……んですか？」

「ああ、愉しいねぇ。奉仕されるのもいいが、たまにはこうして責めまくるのもいいんだよ。恥ずかしがる姿ってのは、見てるだけでそそられるからなぁ」

「ひとでなし……っ」

罵《ののし》るが、そんなことをしても土方には効かない。むしろひとでなしで悪いかとばかりに、安田の奥に眠る淫蕩《いんとう》な血を曝《あば》こうとしていた。

「ぁ……、……お願い……しま……っ、……ん……ぁ……あ、……キュウリだけは……」

自分の奥から欲望が次々と湧き上がってくるのがわかる。もう何年もこういった行為から は遠ざかっていたのに、いきなり上級者であろう土方の遊びにつき合わされるのだ。されるがまま抵抗できないのも当然だ。

「いいぞ、力抜いて俺の手に集中しろ」

指が蕾《つぼみ》をほぐし、襞《ひだ》をかき分けるようにしてジワリと入ってくる。

「あう……っ！　……は……、……ぁ……あ……ぁ、……ぅう……ん、……っく」

苦しくて、けれどもただの苦痛ではなくて、安田は膝を震わせながら自分の中を掻き回す不埒《ふらち》な指に従うしかなかった。抵抗すれば即座に痛みに襲われそうで、黙って耐えることしかできない。

そして、土方が握っているものに目を遣った。

指の次はあれか……、とこの先のことを考えてしまい恐怖に囚われる。その視線に気づいたのか、かつては間違いなくそこにあった自分のイチモツと比べるように、土方はふざけた態度でキュウリを股間にあてがった。

「そんな顔するな。俺のに比べたら随分細ぇから平気だよ。こうして握ると、もっと手応

えを感じたもんだ」

その時、キュウリがぼんやりと明るく光ったかと思うと、土方の着流しの中に入っていった。驚いた土方が「おおっ！」と声をあげて帯を解いて前をくつろげる。光の球となったそれはさらにふんどしの中へと入り込んでいった。

「なんだなんだ。どうなってやがる」

ふんどしを解いて放ると、光の球と化したキュウリはジワジワと形を変えていく。そして、発光が収まった時には男性器に姿を変えていた。さすがに土方も驚きを隠せないようで、茫然と自分の股間を眺めていた。

「……嘘だろ、お前……どんな力使った？」

「俺は……何も……っ」

「俺のにしては太さが足りねぇが、こりゃ紛れもなくチンコだ。感覚もあるぞ」

土方の言うとおり、男性器にしては少々太さが足りない。どこかキュウリの名残《なごり》もあり、特有のブツブツも見られた。

二人で顔を見合わせていたが、土方の目に情熱的な色が浮かんだかと思うと、ボソリと零す。

「このままやらせろ」

「え……っ？」

「このままやらせろって言ってるんだよ。俺が何十年チンコなしでいたと思ってるんだ」

「——待……っ、それキュウリ……、……ちょっと待……っ、お願いしま……っ」

「お願いしてんのはこっちだよ」

欲情した掠《かす》れ声で言われ、安田の心臓は大きく跳ねた。

今までとは打って変わって余裕を欠いた言い方が、判断力を奪う。どんなことにも動じない大人な土方が、まるで十代の若者のように切羽つまった顔でお願いしてくるのだ。だが、それも仕方ないのかもしれない。男にとって大事なものを失ったまま何十年もあの土地に縛られていたのだから……。

「いいから力抜け」

「だから待……っ、——ぁあ……っ、……っく、あっ、あっ、んぁっ！」

着流しを脱ぎ捨てた土方に押し倒されると、先端をねじ込まれ、あまりの衝撃に息をつめて躰を硬直させた。平均的なサイズより細いはずだが、初めての安田にとっては巨根と言っていいほどの太さだ。力を抜けと言われても怖くてできない。身構えずにいられないのだ。それでも土方は半ば無理矢理腰を進めてくる。

「……お願い、しま……、……待……っ、……あ……ぁ……、——ぁあ……っ！」

半ば強引に根元まで収められ、安田は掠れた悲鳴をあげた。目尻から涙が伝って落ちるが、ただの痛みによるものではない。

「入ったぞ」

「……ぁ……」

嘘。信じられない――そんな言葉が脳裏を駆け巡る。いったん挿入されると苦痛は収まった。けれども土方のそれが安田の中にいるのは間違いなく、わずかな身じろぎをしただけでもその存在を感じて声をあげてしまう。

「ぅ……っく」

「動くぞ」

「……待……っ、ぁあ……ん、……んぁ……あ……、……んぁ……あ……っ」

信じられなかった。

土方がやんわりと腰を動かし始めると、唇の間から次々と声が溢れる。それは快感に泣き濡れていた。

はぁ、はぁ、と動物が唸るような土方の激しい息遣いが安田の心をキュンとさせた。自分を喰らう獣の姿に、興奮している。

「こいつを誰かに挿入するのは久しぶりだ」

「ぅん……ぁ……あ、……はぁ……っ、土方、さ……」

「なんだ？　イイだろうが。細いがイボイボもついてるぞ」

「待って……、……待って……」

「さっきからそれしか言ってねぇじゃねぇか」

いやらしい動きで自分の中を掻き回す土方に、安田は夢中になっていた。目を閉じ、自分の中を出入りする熱の塊に翻弄《ほんろう》される。

「はぁ、駄目……、駄目……っ」

もうやめて欲しいのに、もっとして欲しいと願う自分がどこかにいることに気づいた。繋がった部分は熱く蕩け、土方に吸いついている。自分でも信じられないほど貪欲になっている肉体が、さらなる快感を求めるのだ。

「ほら、腕を回せ」

裸の背中に抱きつくよう促され、従った。縋《すが》るものが欲しかった安田は、その逞しい肉体に目眩《めまい》を覚えた。鍛《きた》え上げられた背筋。土方が腰を動かすたびに隆起する。男臭さを見せつけられるほど息があがった。興奮するのだ。

「ああ、あ、んぁあ……っ、……土方、さ……」

繋がったところは熱く、蕩けて躰がなくなってしまいそうだ。

「なんだ？」

「……怖い、です……、……はぁ……あ……、……怖、い……」

それは正直な気持ちだった。

気持ちよくて、自分を見失ってしまいそうで、怖かったのだ。溺れたいという気持ちと溺れたらどうなるのだろうという未知のものに対する気持ちがない交ぜになっている。

そして、相手が土方というのも恐れを抱く原因の一つだった。

生きた人間そのものなのに、この世にはもういない相手だ。実体化した土方とセックスをしていると思っているのは自分だけで、本当は違うのかもしれない。傍《はた》から見れば、安田一人が誰もいない部屋で誰かと抱きあっているように振る舞っているだけなのかもしれない。

けれども、土方はそんな安田の不安すら打ち消すようにさらに腰を使い始めた。

「いいんだよ。気持ちいいのはいいことだ」

「ぅん、んんぁあ……っ、……ぁ……、……も……っ、……こんな……」

「俺に抱かれた奴は、男だろうが女だろうがみんなそうなっちまう。それに、まだこんなもんじゃねぇぞ」

そう言われ、土方の背中に回した腕をそっと解かれる。そして、身を起こした土方に膝に手をかけられて脚を開かされた。安田の中心もまた張りつめており、その先端からは先走りが溢れている。それは恥ずかしいくらいたっぷりで、裏筋がてらてらとしていて卑猥《ひわい》な様子になっていた。

「見ないで、くださ……」

「いいねぇ、この光景を眺めるのは久しぶりだ」

土方は腰を動かしながら自分の中心が出入りしているのを見て満足げな顔をした。

見られている——それを強く実感しながら中を刺激されるとより快感が増す。羞恥《しゅうち》の手を借りて、安田はこれまでに感じたことのない倒錯《とうさく》に身を投じた。

「見な、あ、あ、……んぁ」

「女とやるのもいいが、男には女と違ったよさがあるんだよ」

「も……、……黙って……くだ、さ……っ、……ぁあ……っ」

「見ろ、袋がこんなふうに圧迫されるだろう？　これを見せるとみんなよがったもんさ」

土方の言うとおり、腰を押しつけられるたびに陰嚢《いんのう》が押されて形を変える。押し潰される自分のそれを見ていると、ますます恥ずかしさは募り、自分を翻弄するものに夢中になる。

「どうだ？　いやらしいだろう？」

「ぁあ、……ぅん……ッく、……ぅう……ん、……ふぁ……、……ぁあ……」

次第に声を押し殺すことができなくなり、指を噛んだ。それでもこれが安田の本音だとばかりに、快楽に濡れた甘い声が次々と溢れてとまらない。

「だって……本当はキュウリ……なのに……っ」

「まだ言ってるのか。感覚もあるんだ。形もサイズも違うが、紛れもなく俺のだよ」

久しぶりの行為に興奮する土方は男らしい色香に溢れていて、常識をいとも簡単に覆《くつがえ》された。経験などないのに、興味すらなかったのに、尻で感じることができるうえにその相手に対してまるで恋をしているように魅力を感じるのだ。なぜ、ここまで溺れられるのか自分でもわからない。

そんな戸惑いの中、安田は気を失うほどの快楽というのを教えられた。


翌日、疲労困憊《ひろうこんぱい》した安田は自分の部屋のベッドから出ることができなかった。目が覚めてもダラダラしてしまい、昼前になってやっと起き出して部屋の片づけを始める。

そして、めくるめく官能の一夜の痕跡を見て現実から目を背けたくなった。ため息を零さずにはいられない。

キュウリはキュウリだった。

土方としている最中は名残こそあれど紛れもなく男性器だったのに、今はまたキュウリに戻っている。それを知った土方の落ち込みも大きかった。取り戻したと思った大事なものが、朝起きたらキュウリに戻っていたのだからそれも当然だろう。

「期間限定か……」

しなびたキュウリをゴミ袋に入れる安田を見ながら、土方はそう言った。キセルを吹かしながら自分の股間を確かめ、やはりないとわかるとため息とともに煙を吐く。

「期間限定で十分でしょう」

安田は、疲れを隠せない声でそう言った。さすがに土方を気遣う余裕はなく、一刻も早く成仏してもらわなければならないと焦り始めていた。土方との行為を思い出し、改めて嫌悪とはほど遠い感情を自分が抱いていることを知る。

こんなことは誰にも相談できない。

「それより、どうしてキュウリが変化したんですかね」

「さぁな。お前の力だろう？　俺が実体化できるようになったのも、お前の影響だしな」

ふて腐れるようにキセルを咥えて横になる土方をじっと見つめる。安田はため息をついた。キュウリがあのままの姿でいてくれたら、土方は成仏できたのかもしれない。

「……土方さん」

「おう、なんだ？」

「今日は出かける用事があるんです。大人しくしててくださいね」

「遊ぶ気力もねぇよ」

「そうですか。俺は用事を片づけに出かけます。終わったらすぐ戻りますから留守番お願いしますね」

透けている昼間に留守番といっても土方にできることは何もないが、安田はそう言い残して古書店をあとにした。駅まで歩きながら、はぁ、と憂鬱《ゆううつ》を吐き出す。

実を言うと、尾形から再び連絡があって会う約束をしていた。

告白されて以来、顔を合わせづらいとずっと思っていたが、屋敷に泊まった時に憑依された霊のことで話があると言ってきたのだ。土方のことだ。

尾形には言うまいと思っていたが、事情を説明して手を貸してもらうべきなのではという気持ちも出てきて、とりあえず会うだけ会ってみることにした。尾形には見えなかった土方の存在を教えることにまだ躊躇はあるが、他人のプライドを気にかけている場合ではない。案外、なんでもないことのように受けとめてくれるかもしれないという思いもあった。

待ち合わせ場所のカフェに着くと、すでに尾形は来ており、窓際の席に座っていて通りからその姿が見える。あれこれ考えるより成り行きに任せたほうがいいと、そのまま席に向かう。

「尾形、ごめん。待った？」

「一生。いや、俺もさっき来たところだ。コーヒーだけ先に飲んでたけど」

尾形の手にしたコーヒーがほとんど残っていないことに気づいたが、敢えてそこには触れなかった。ウエイトレスにランチを注文すると、尾形はさっそくとばかりにこう切り出す。

「実はあれからあの屋敷に行ってみたんだ。憑依してきた霊のことが気になってさ」

「え……」

「勝手にゴメン。でもすごく気になってさ。実は俺、家じゃ出来損ないでたいした力はないんだよ。お前には見栄張って何も言ってなかったけど」

苦笑いする尾形を見て、なんて返していいか言葉に迷った。

わかっている。

出来損ないとは思わないが、土方が見えなかった時点でその力が強力なものでないのはなんとなく気づいていた。だが、修行中の身だ。その世界のことは詳しくはないが、まだ若いのだ。これから才能が開花するかもしれない。

「だけど俺にもわかるんだ、安田。お前、悪霊に取り憑かれてる」

「え……」

「今日会って確信した。やっぱりお前に頼って誰か憑いてる。痩せただろ」

ギクリとした。

確かに今朝、顔を洗う時に自分でもそう感じた。土方とセックスしたせいだろうと思っていたが、違うのかもしれない。それに頼ってきているというのは、ある意味当たっている。土方がなくしたものを一緒に捜しているのだ。

「このままだと、精気や生命力を奪われて死ぬぞ」

尾形の言葉が心に突き刺さった。

子供の頃に読んだ昔話の中には、夜な夜な惚れた女のもとへ通う武士の相手が実は幽霊だったというものもある。

（どうしよう……）

安田は不安になった。

男との初めてのセックスだったのに、あれほど快感を覚え、溺れた。このままだと土方との行為を忘れられず、自分から求めてしまうようになるかもしれない。それが、取り憑かれるということだったら――。

土方がそんな男とは思えなかったが、無自覚に精気を奪っているということも考えられる。失ったものへの強い想いがあるのは確かだ。

「尾形、俺どうしたら……」

「俺が除霊してやる」

「――っ！」

しっかりとした口調に、安田は目を見開いた。頼りになる言葉だった。混乱のままなんとなく土方を受け入れてはいるが、自分の身に起きていることを第三者から指摘されるとこのままでいいのかという思いに駆られる。

「あのさ……除霊された霊ってどうなるんだ？」

ここまできても土方のことを心配してしまうのは、なぜだろう。あんなことをされたうえ自分がどうなるかわからないのに、迷いが生まれる。

「どうって……」

「魂が消滅したりするのかな？」

尾形は訝しげな表情を浮かべたが、すぐに困った顔で笑ってみせる。

「お人好しだな。消滅というより成仏してもらうんだ。霊にとってもそのほうが幸せだ」

「心残りがあったとしたらどうなるんだ？」

「心残り？」

「そう、心残り。それを無視して無理矢理除霊するのって、いいことなのかな」

次々に質問を浴びせる安田に、尾形は不可解な顔をした。

「なんでそんなこと気にするんだ？」

「あ、いや……別に……」

土方のひととなりを知り、一緒の時間を過ごした。だから気になるのだ。それ以上の意味なんてない――安田は自分にそう言い聞かせていた。

「お前のそういうところは好きだよ。相手が誰でも気遣う気持ちを持つなんて、優しすぎる。相手は自分に取り憑いてる霊だぞ」

「わかってる」

「まぁいい。心配するな。霊ってのは大抵心残りがあるから成仏しないもんさ」

その時、ウエイトレスがランチを運んできた。ポークソテーやサラダが一つのプレートに載っている。朝から何も食べていなかったため、漂ういい匂いに急に空腹を感じた。

しかし、手をつけようとしてフォークを手に取った安田の目にサラダのキュウリが飛び込んできた。にわかに昨夜のことを思い出してしまい、顔が熱くなる。

「どうかしたのか？　顔が赤いぞ」

「あ、いや……別になんでもない」

「そうか？」

顔を覗き込まれ、いたたまれなくなる。知られるはずのないことを見抜かれてしまうような気がして目を合わせられない。

昨日の夜は、キュウリでセックスをした。土方の形に姿を変えてはいたが、朝になってみるとキュウリだった。そのことを考えると土方のものだと思っていたのは二人だけで、実は実物のキュウリを出し入れしていたのかもしれないなんて疑いを抱いてしまう。

傍から見れば馬鹿馬鹿しいかもしれないが、安田には大事なことだ。

「キュ、キュウリだったのかな」

「え……？」

「あ、ごめん。なんでもない」

「それよりどうする。お前がいいなら除霊を試みるよ」

「そうだな。頼もうかな」

何せキュウリだ。次は大根かもしれない。

（そんな……、あんなの入らない）

まだ強要されてもいないのにそんな心配をするのは、それだけ混乱しているからだ。もし昨夜の出来事がなかったとしたら、もう少し冷静に考えられたかもしれない。だが、今の安田にはそんな余裕はなかった。一刻も早く土方に成仏してもらわねばという思いでいっぱいになる。

「任せてくれ。俺の力なんかたいしたことないけど、全力でお前を護るよ。よかったら今から行っていいか？」

「え、今から？」

頼んだはいいが、まだ心の準備ができていなかったのだろう。話の展開が早くて戸惑わずにはいられなかった。

除霊が始まれば今日限りになるかもしれない。強制的に除霊して成仏してもらうのだ。今朝は最後に何を話しただろうかと思わず記憶を辿った。

「用事があるならまたにするけど、正直早いほうがいいんだ。霊がお前の精気を吸い取って強力なものになったら厄介だ」

「わ、わかった。じゃあ、帰りに寄ろう」

「そうか、よかった。実は着替えを持ってきたんだ。除霊する時には、正式な衣装ってのがあるんだよ。霊力を高める効果もある。店で感じた悪寒も気になるし、先に古書店を見てから屋敷に行こうか。どこかで着替えてタクシーで戻ろう。霊がいたらすぐに取り掛かりたいし」

見ると、椅子の横に置いてある籐籠の中には大きな荷物が入れてあった。安田がいいと言えばそのまますぐに除霊するつもりだったのだろう。尾形の本気度を見せられた気がして、身が引き締まる。

これから土方を除霊する——そう思うと、心がざわつく。

本当にいいのだろうかと戸惑いながら、安田はポークソテーを口に運んだ。


「いる」

古書店に着いた尾形の第一声は、緊張したものだった。

除霊師の正装は、頭巾《ときん》のない山伏のような衣装だった。数珠《じゅず》を手にしており、足元は動きやすいよう足首を固定できる八つ目草履《ぞうり》と言われるものだ。タクシーの運転手がめずらしがってあれこれ聞いてきた。

除霊師の正装をしているからか、尾形はいかにも力がありそうに見える。

「この前は準備が足りなかった。でも今日は大丈夫だ」

「なんだ、また来やがったか」

安田が尾形を連れてきたと気づいた土方は、不機嫌そうにキセルを吹かしながら近づいてきた。すると、尾形は何か感じたようで険しい表情になる。

「やっぱり何かいるよ」

「悪霊なのか？」

「いや、どうだろう。ただ、力が強くなってるのは確かだ。お前、本当に取り憑かれて精気を吸い取られてるかもしれないぞ」

この前は、憑依されるまで尾形は何も感じていなかった。それなのに、今ははっきりとその存在を確信している。大事なものを取り戻せない日々が続くあまり土方が悪霊化しているのか、それとも除霊師の正装をしたことにより霊力が高まったのか。

「おい、俺を無理矢理成仏させようってか？」

土方はこの上なく不機嫌そうに言った。

「霊が怒ってるのを感じる。急いで準備するから待っててくれ」

「ったく、こんな奴連れてきやがって、何考えてんだ」

尾形の手前、土方の声に反応するわけにはいかないが、いざ本人を目の前にすると罪悪感がさらに増した。連れてきたものの、無理矢理成仏させて苦しみはないのか。本当に土方のためになるのかと、そんなことばかり考えてしまう。

「一生、手を貸してくれ」

「え？」

「言っただろ？　お前のオーラってちょっと違うんだよ。だからさ、お前の手を借りれば普段以上の力が出せる」

尾形は札を取り出し、安田の唇に押し当てて言った。「新鮮な体液がいるんだ」

準備が整うと、わずかに安田の唾液のついた札を前にしたのと同じように自分の唇に当てて何か唱え始める。すると、土方が反応した。眉をひそめている。

「ふん、この前より多少はやれるようになったな。何を仕込んできたんだぁ？」

苦しげなのは、尾形の呪文が効いているからだろうか。

土方が尾形に手を伸ばすが、もちろん摑むことはできない。尾形のほうも集中していて唇以外動かない。耳に流れ込んでくるそれに、得体の知れない力を感じた。ほんのわずかだが、地の底から湧くような何か――。

「大事なもん取り戻さずに成仏できるか！」

「ぅう……っ」

土方の怒号は尾形には聞こえなかったようだが、その言葉をきっかけに尾形の顔色が悪くなっていった。さらに呪文を唱えるが、土方のほうが有利になっていくのがわかる。余裕が出てきたのか、キセルを吹かして苦しむ尾形を見下ろした。尾形が跪く。

「駄目だ、強い。一生、もう少し手を貸してくれ！」

「え……っ」

どうしたらいいかわからずオロオロしていた安田は、苦しげに喘ぐ尾形に手を摑まれ、跪いてその顔を覗き込んだ。

「大丈夫か？　でも手を貸すって、俺は何も……っ」

「もっと唾液をくれ」

「何？」

「お前の体液がいるんだよ」

「何言って……、——ぅん……っ」

いきなり唇を塞がれ、舌を入れられる。逃げようとしたがバランスを崩して後ろに倒れ込んだ。すると尾形は馬乗りになってきて札を咥え、もう一枚札を取り出す。

その時、土方が尾形に襲いかかった。

「――ぐ……っ」

前に憑依された時と同じだった。背中側からドンとぶつかるように土方が体当たりし、尾形は躰を反り返らせて目を見開いた。だが、勢いをつけすぎたのか、土方は尾形を突き抜けてドアの向こうに身を潜めていたくろすけにぶつかる。

「くろすけ!」

「その猫に憑依したか! お前、こっちに来い!」

尾形はくろすけを捕まえたが、そうした時にはすでに土方は躰の中から出ていってしまっていた。

「ンニャニャニャニャニャニャニャ! ンニャ! ンニャニャ――――――ッ!」

「――うわ!」

尾形に躰を掴まれてその勢いに驚いたらしく、くろすけは顔面を鋭い爪で引っ掻いたあと窓の隙間から逃げていった。そして尾形が怯んだのを見計らったかのように再び土方が背中からドン、とぶつかって憑依する。苦しげに唸った尾形は、裸足《はだし》のまま外に飛び出した。

「尾形……っ!」

慌てて追いかけると、土方に憑依された尾形は電柱に頭からぶつかった。ゴ……ッ、と鈍い音がして、そのまま倒れ込んでしまう。安田は茫然としたままその様子を見ていた。

恐る恐る近づいていくと、うつ伏せになった尾形の背中から土方がゆっくりと出てくる。

「ふぅ」

「な、何するんです！」

「何するんですじゃねぇよ。お前が襲われてたからだろうが！」

「でも、今『ゴッ』て……すごい音が」

「脳震とう起こしてるだけだよ」

「そんな……っ、脳震とうを馬鹿にしちゃいけませんよ。すぐに病院に運ばないと！」

安田は何度か尾形に声をかけたが、まったく目を覚ます様子がなかったため救急車を呼んだ。五分後に到着したそれに一緒に乗り込み、土方を置いて病院へ行く。

尾形は病院に着く前に目を覚ましたが、そのまま検査のため一晩入院することになった。

「ごめん、尾形。俺のせいでこんなことになって」

「いいよ。お前のせいじゃない。それに検査のための入院だから、もう帰っていいよ」

自分に憑依した霊と安田が知り合いだと知らないからこその言葉だと思い、罪悪感に駆られる。看護師が来て、検査のための手続きなどについて説明を始めた。横で聞いていたが尾形にもう一度帰るよう促され、やることがなくなった安田は病室をあとにする。

病院を出るとタクシー乗り場に向かい、待機している車に乗り込んだ。

（あ〜あ）

店に戻る頃には日は暮れていて、土方はキセルを吹かしながら部屋で大人しく待っていた。また実体化しているようだ。安田が帰ってきたのを見て、不機嫌そうな笑みを浮かべる。

「やっと帰ってきたか。あの程度で医者に診《み》せるなんぞ大袈裟《おおげさ》だな」

「昔とは違うんです。ひどいことしないでください。さすがにやりすぎです」

「俺はそうは思わねぇぞ。お前、自分が何されたかわかってんのか？」

どさくさ紛れに唇を奪われたのは確かで、言葉につまっていると土方は面白くなさそうに鼻を鳴らす。

「体液使うってのは本当みてぇだが、唾吐かせりゃ済む話だろう。それにな、いきなり何だ。俺を無視して勝手に除霊なんか始めやがって」

その言葉に、心臓が跳ねた。

ノコノコ帰ってきてしまったが、無理矢理土方を成仏させようとしたことを考えると失敗に終わった今、何をされるのかと安田は身構えた。祟《たた》られても仕方のないことをしたのかもしれない。案の定土方は凶悪な形相になると、不敵に嗤う。

「よくも俺を裏切ってくれたなぁ」

「あ、あの……」

ジリ、と近寄ってくる土方を見て、やはり悪霊化しているのではないかと疑った。こんな表情は見たことがない。

「すみません、だって……取り殺されるって言われて」

「あほう。俺がお前を取り殺すわけねぇだろうが。チンコを一緒に捜してくれる大事な協力者だぞ」

「でも、土方さんにその気がなくても精気を吸い取られてしまうかもしれないじゃないですか。痩せたって言われたし」

「お前は俺が傍《そば》にいるくれぇでどうにかなるタマじゃねぇよ。言っただろう。オーラが違うってな」

「でも……っ」

「俺とお前を襲った友達とどっちを信じるんだ？」

「友達」

即答してしまい、ゲンコツで叩かれる。

「お前な、性懲《しょうこ》りもなくあいつを信用するのか？」

「だって、友達ですから」

「だからお人好しだって言うんだよ、お前は。さっきも襲われたじゃねぇか。体液が必要でもな、断りもなくキスする理由にはなんねぇぞ。あいつの目的は半分はお前だ」

「わかってます。でも、俺、友達は多くないし貴重な存在だから」

口ではそう言ったが、本当の理由は別のところにあった。キュウリのせいだ。キュウリでセックスをしたことが、安田の背中を押した。尾形と待ち合わせしたカフェでそれを見てしまい、思い出したのだ。ここまでそう道を外れずに生きてきた。それがいきなり男同士のセックスで相手は幽霊でしかもキュウリだ。

これ以上土方と一緒にいると、後戻りできない。何か危険なものに取り込まれるような気がする。すごくよかっただけに、もう二度とあんなことはしたくなかった。もし二度目があるなら、今度こそ抜け出せなくなる。それほどの快感だった。

あんなことはもう二度と経験してはいけない――そんな強い思いが、尾形に縋らせたのだ。むしろ利用しているのは、自分のほうだ。

「もういいよ。俺もお前に迷惑かけてるからな」

「え……」

「取り憑かれてると思ったら、そりゃ除霊もしたくなるよなぁ」

無理矢理成仏させようとしたのに、許してくれるのか――。

あまりにあっさり言うので、安田はポカンとして土方を見上げていた。拍子抜けだが、土方はもうすっかり忘れたという顔をしている。

「やっぱりお前には妙な力があるよ。除霊師ってのは生きてる人間のために除霊するが、お前は死んで心残りのある俺みてぇな霊のために何かできる奴かもしんねぇな」

まさか自分にそんな力があるとは思えなかったが、土方の言葉に心が温かくなった。本職のはずの小説の仕事はパッとせず、自分が必要とされていると実感したことがほとんどなかったため、誰かの役に立てることが嬉しいのかもしれない。

それがたとえ死んだ人間でも……。

土方をちゃんと成仏させたいという強い思いが、再び安田の心に湧き上がっていた。土方の役に立ちたい。霊に取り憑かれた怖さから尾形に従ったが、そんなことは二度としない。

未練ある者のために、何かしたい。

「俺を無理矢理成仏させようとしたんだ。気合い入れて手がかりを捜せ」

「わ、わかりました！」

敬礼でもしそうな勢いでそう返事をした安田に、土方はクククッと笑う。そして、悪巧みしている顔でこう続けた。

「やっぱりお前はお人好しだな」

「え……」

「友達に対しても俺に対しても、警戒心がなさすぎるんだよ」

見ると、大根を手にしている。まさか……、と笑顔のまま硬直していると、土方はとんでもないことを言い始める。

「考えたんだけどよ。お前とセックスしようとしてキュウリがチンコになったわけだ。お前の妙な力が影響したのはほぼ間違いない。ってことは、お前とやろうとするとまたチンコになるんじゃねぇかってな」

「え……、え……？　ええっ？」

「だからさっき調達してきた。今日はこれを試すぞ。寸法からして俺のはこれくらい立派だったからな」

ゴクリ。

唾を飲み込む音がやけに大きく聞こえた。土方が近づいてこようとすると、踵《きびす》を返して走り出す。だが、二の腕を掴まれたかと思うと肩に軽々と担ぎ上げられて二階へと運ばれた。

「わ〰〰〰〰〰〰〰〰っ、待ってください待ってください！」

「もう十分待ったよ」

暴れたが、安田の抵抗など蟹船の漁師にしてみればなんの意味もないだろう。鍛え上げられた腕はどんなに解こうとしてもびくともしない。

「今日はもっとイイ思いさせてやるからな」

「わ……っ」

ベッドの上に放り投げるように下ろされ、尻餅をついたまま後退りした。そして、信じられない光景を目にする。

土方が持っている大根が、光に包まれた。土方は思惑どおりだとばかりに前をくつろげてふんどしを解く。すると、その股間で大根は立派な男性器へと形を変えた。

鎌首を持ち上げたそれは早く喰わせろとばかりにパンパンに張りつめている。形はやはりどこか大根だが、かなり立派だ。

「ほら見ろ。やっぱりチンコになりやがった。これからたっぷり可愛がってやるからいい子にしてろ」

「あ……っ」

のし掛かられると、安田は自分の体温が急激に上がるのを感じた。


大根はよかった。

翌日、安田は古書店のレジで一人頭を抱えていた。苦悩する男は朝からずっとこんな調子で、客が来てもすぐに反応できないほど思いつめている。今日土方には一人で屋敷へ行ってもらった。土方を見るといやでも昨夜のことを思い出すからだ。

だが、不在でもその頭の中は土方とのセックスのことでいっぱいだ。どんなに振り払おうとも、記憶が蘇る。

土方の声、匂い、息遣い、逞しい躰。

思い出してまた躰を熱くしてしまうのだから世話はない。自分はどうしてしまったんだと思うばかりだ。しかも、行為の最中は男性器だった大根は、終わると元に戻っていた。やはり、大根だった。

「……だ、大根……」

その事実を噛み締め、自分の後ろが開発されていく恐ろしさに身を震わせた。もう二度と大根の味噌汁なんて食べられない。大根のサラダも大根の漬け物も大根の煮物も、二度と純粋な気持ちで口に運べない。

大根、大根、大根、と頭の中は白い肌の野菜で埋め尽くされている。

その時、店の電話が鳴った。今は誰とも話をしたくなかったが、無視するわけにもいかず受話器を取る。

『一生君?』

電話は、古書店の持ち主である親戚からだった。初に関することで電話したと言われ、ドキリとする。話を聞くと、初の時代から受け継いだ書物があったのを思い出したというのだ。正式に発行された本ではなく、誰かが書き残したものや自費出版の形で出版する予定だった未完成のもの等々も含まれているらしい。屋敷にあったものを、古書店を営む関係で引き取ったのだという。

　その中に初が書き残したものがあるかもしれない。

『すっかり忘れていたよ。確か、ずっとしまってある段ボール箱の中に入ってる。奥のほうにあるから、見てみるといい』

「はい。ありがとうございます！」

　電話を切ると、安田はその段ボール箱を捜し始めた。店の倉庫の奥にある荷物で、もう何年も触っていないような段ボール箱を一つ一つ開けていき、中を確認する。

　目的のものが見つかったのは、それからすぐのことだった。中身を確認し、土方の男性器が埋められたであろう場所の手がかりを見つけると、電車とタクシーで屋敷に向かう。

「土方さん！　土方さん、いますか！」

　駅から乗ってきたタクシーを降り、飛び込むようにして門の中に入っていく。

「なんだぁ？」

　土方は縁側で横になり、キセルを吹かしていた。安田が慌てる姿を見てもすぐに身を起こそうとはせず、ゆったりと構えている。それどころじゃないと言おうとしたが、その姿はサマになっており、思わず立ちどまって見てしまった。

「そんなに慌てるとこけるぞ。ほら、こっちに来い」

そう言って土方はゆっくりと身を起こし、片膝だけ胡座をかいて左足だけ雪駄《せった》に突っ込む。その姿を見て粋な人だ……、と感心した。絵になっている。

大根でいたされたことも一瞬だけ忘れた。

「どうした？　そんなに慌てるから息切らしてんじゃねぇか。話の前に水でも飲んでくるか？」

その言い方は、安田を落ち着かせた。小遣いをやろうなんて言って可愛がってくれる親戚の伯父さんに話しかけられているような気分になるのだ。

「えっと、大丈夫です」

「そうか。で、なんだ？　そんなに慌てて」

「そ、そうなんです！　初さんの日記が出てきたんです！」

落ち着いている場合じゃないと思い出し、持ってきたものを袋の中から取り出した。

「古本の中にあったんです。初さんの日記。というか、手紙みたいなものですけど」

「灯台もと暗しだな」

「はい、ずっとしまっている本が段ボール箱にいくつかあったんです。開かずの箱みたいになってて、すっかり忘れられてました。店を任された時に奥にしまってあるとは聞いていたんですけど」

それは、初がしたためた恋文のようなものだった。土方が生きていた頃に書いたものから、土方が殺されたあとのもの。出すつもりのなかった手紙は、封筒にすら入れられず紐でまとめられていた。

「それで、ここにそれらしいことが書かれてあるんです」

「どこだ？」

「ほら、ここです。この一文、愛しい人から奪ったものは山に埋めたって意味ですよね」

比喩的な表現だったが、どう見ても土方の失ったものの在処《ありか》を示すものだ。そこには土方が殺された日に、旦那から逃げて山の中に埋めたと書かれてある。

「その場所って、相続した山林だと思うんです」

木々の様子は変わっていても、大まかな地形は当時のままだろう。手をつけずに放置していた山林は、当時からそう変わっていない。

「ふん、やるじゃねぇか」

「何もないよりマシですよね」

「ああ、マシどころか大きな進歩だ。お前のおかげだよ。これで一歩近づいた」

不敵に笑う土方からは、単に自分のものを取り戻せる喜び以上のものを感じた。本人曰く男も女も夢中だったという。その武器を取り戻してあの世で豪遊する姿を思わず想像してしまっていた。

（だって、悪そうな人なんだもんな。平気で異物挿入なんて言う人だし）

それから山林の地図を手に入れ、仕事の合間を縫って手紙を何度も読んでおおまかな場所の特定を試みた。けれども現実はそう甘くはなく、場所の手がかりになるものは見つからない。広大な土地を虱潰《しらみつぶ》しに捜すしかないとわかった時には、手紙を見つけた時の喜びはすっかり消えていた。

「そう落ち込むなよ。チンコをなくしてんのは俺だぞ」

「だって……」

本来なら慰める立場は自分なのに逆に慰められてしまい、自分がいかに頼りない男なのか痛感した。それに比べて土方は逞しい。精神的な強さを見せられる。

「埋められた近くに行けば、俺が何か感じ取れる。場所の特定だってできるさ」

「そっか。そうですよね。うちが所有してる山林なのは確かみたいだし、こうなったら山歩きするしかないですね」

気の遠くなる話だが、それ以外方法は考えつかなかった。腹を括るしかない。

「一緒に捜してくれるのはありがてぇが、仕事はいいのか？」

「まぁ、厳しいけどなんとかなります。店番をしてもらってるから原稿に集中できて進んでますし、日のあるうちに行きましょう！」

くよくよしても仕方がないと、気持ちを切り替えることにした。

慣れない山に入るのは、危険が伴う。まず道具を揃《そろ》えるところから始めなければならない。安田はスポーツ用品店に行き、靴やリュックなどの道具を一式揃えた。道に迷わないようコンパスも用意する。

あとは、失ったものに対する土方の勘を頼るしかなかった。近づけば場所の特定はできるという土方の言葉を信じることにする。

舗装されている道路はタクシーを使い、そこから先は徒歩だ。

「それじゃあ、とにかく道のあるところから歩きましょうか」

「道に迷ったら俺が連れて帰ってやるよ」

土方と二人で山林に入っていき、歩きやすい林道を進んだ。初は女だ。そこまで険しいところを進んだりしないだろう。

日頃の運動不足が祟り、一時間ほど歩いただけで足が痛くなった。慣れない靴というのもよくなかったらしい。靴擦れができて歩くたびに踵《かかと》の上に痛みが走る。途中、絆創膏《ばんそうこう》を貼ったが、さらに三十分歩いたところでくじけそうになった。

「はぁ、はぁ、……ちょっと、休憩しませんか？」

「もう疲れたか。ったく、軟弱な奴だな」

そう言いながらも土方は先に進もうとはしなかった。水筒の水を飲む安田を一瞥したあと木に寄りかかり、土に埋められている自分の一部を感じようとしているのか辺りをじっと見ている。

　この山の中で着流しを着てキセルを吹かしている姿は違和感があるが、土方の姿を見ているとなぜか落ち着いた。絵になるため、ぼんやり眺めるだけでいい。しかし、土方が再び安田に視線を向けると我に返って目が合う前に逸らした。

「どうかしたか？」

「あ、いえ。すみません、軟弱で」

「気にするな。俺はもう死んでるからな。肉体的疲労なんて感じねぇんだよ」

　本当は一刻も早く見つけたいだろうに、苛ついたりせず安田の回復を待つその姿勢に、頑張ろうという気持ちになった。こんなところでもたもたしていると、いくら時間があっても足りない。ついでに運動不足の解消もできると自分に言い聞かせ、足の痛みを堪《こら》えて再び立ち上がる。

「さぁ、行きましょうか」

「もういいのか？」

「はい！　頑張りましょう！」

　安田は自分に気合いを入れた。

　さらに二十分ほどしただろうか。土方がふと足をとめて辺りを見回した。何か感じるらしく、じっとしている。

「少し入るぞ」

「は、はい」

道から外れ、木の間へ入っていった。念のため、数メートルごとに目印の赤いリボンを木の枝に括りつける。だが、リボンを結ぶ間に、土方の姿が見えなくなった。昼間でも一人取り残されると不安になる。

「土方さん？　土方さん！」

名前を呼びながらその姿を捜した。返事はなく、ますます気持ちが焦る。その時、安田は夢中になるあまり足元をよく見ずに湿った地面に足を滑らせた。

「——ぅわぁああ……っ！」

斜面から滑り落ちながら死を覚悟した。一瞬の間に頭に浮かんだのは、土方との約束を果たせないまま自分だけが成仏するかもしれないということだ。だが、躰は途中でピタリととまる。

「……あ」

腕を掴まれていた。上を見ると、地面に這《は》い蹲るようにしている土方が安田の落下を阻止してくれている。下を見て、肝が冷えた。あと三メートル落ちていれば、さらに急な斜面から転がり落ちて大怪我《おおけが》をしただろう。土方がいなければどうなっていたかわからない。

「大丈夫か？　ぼんやりしてるからだぞ」

左手を出せと言われて従うと、一気に引き揚げられる。土方のおかげで命拾いをしたと安堵するが、ふとあることに気づいた。

「土方さん、まだ太陽が出てるのに実体化してます」

「お！」

土方は、自分の両手を見て透けていないことを確認すると、両腕を広げて安田に抱きついてこようとした。すんでのところで躱す。

「なんで逃げるんだよ」

「だからどうして抱きついて確かめようとするんですか」

「いいじゃねぇか、そんなに固ぇこと言うなよ。人肌恋しいんだって」

「またそんなことを言う」

相手は誰でもいいのかと冷たい視線を送るが、土方にはなんの効果もない。むしろ愉しんでいる。

「しかし驚きだな。お前のおかげだよ」

「どうやって実体化したんです？」

「さぁな。お前が落ちるのを見て咄嗟に手を伸ばしただけだからな」

このところ実体化している時間が長くなっているが、まだ日が高いうちからというのは今までになかった。誰かを助けようとする気持ちが、土方に変化をもたらしたと考えていいだろう。

「ありがとよ」

嬉しそうに笑いながら流し目を送ってくる土方に、心臓が跳ねた。すぐに言葉が出ない。

「なんだその顔は。ま、これで俺を無理矢理除霊しようとしてたことは水に流してやる」

「もうとっくに流してくれてるんじゃなかったんですか」

わざと憎まれ口を叩いたのは、説明できない動悸《どうき》に襲われたからなのかもしれない。収まらないそれは小さいが、安田の心を掻き乱すには十分だった。

危ないところを助けられたからだ。それだけの理由だ。

そう何度も言い聞かせるのは、それ以外の理由があるからなのだろうか。

「今日はこの辺にしとくか。怪我してねぇか、ちゃんと見ねぇとな」

意外に優しいところがあると思い、素直にその言葉に従うことにする。

今来た道を戻り始めるが、土方は実体化しているように歩いているのに雪駄でも歩きにくそうにはしていなかった。涼しい顔で散歩でもしているのを見て、やはりどこか違うのかもしれないなんて考える。それだけが、土方がこの世の者ではない証だった。

「お。こんなところに舞茸《まいたけ》が生えてるぞ。舞茸の天ぷら喰いてぇなぁ」

「ちょっとやめてくださいよ。キノコって危険なんですよ。食用と似た形をしてるけど毒キノコだったなんてこともよくあるんですから」

「大丈夫だよ、俺は死んでるから。ただチンコ捜しってのも芸がねぇな。どうせならキノコ狩りでもしながら捜すか」

早く取り戻したいんじゃないのか……、と思うが、この適当な態度はむしろ捜し物をしている安田にとって、早く見つけてやらなければという無意識のプレッシャーを和らげてくれるものだった。

4

初の手紙を見つけてからというもの、土方と一緒に山林に入っていく日々が続いた。小説の仕事もあるため古書店の仕事がおろそかになりがちだが、今は土方のためにできる限りのことをしたい。

尾形のほうは成仏させたなんて嘘で誤魔化せるはずもなく、再び会うことになった。山林の捜索に行く前に古書店に来てもらうことにする。電話で尾形は自分も連絡するつもりだったと言い、約束の十五分前には店に顔を出した。土方がいるとまた横から茶茶を入れられそうで、屋敷で待ってもらっている。

「よ、一生」

前日に電話で問い合わせのあった初版本を送る準備をしていた安田は、梱包《こんぽう》作業の手をとめて顔をあげた。尾形は、いつになくバツの悪そうな顔をしている。

「悪いな、尾形。急に呼び出して。検査の結果は問題なかったんだって？　よかったよ。でもくろすけに引っかかれた傷がまだ残ってるな」

「ああ、そのうち消えるだろ。心配してくれてありがとな。この前のことを謝らなきゃいけなかったし、お前が呼び出してくれてむしろありがたいよ。本当に悪かった。あの時は無我夢中で……」

「だからっていきなりキスはないだろ」

厳しい態度で言うと、自分が何をしたのか噛み締めるような顔で反省の色を見せた。

「ごめん。体液が必要なのは本当なんだ。でも、あれはやっぱりまずかったな。変な気持ちでしたんじゃないけど、お前に告白した俺が言うと説得力がないよな」

自虐的に嗤う尾形を見て、安田も困った顔で笑う。

「うん、そのことはもういいよ。忘れるから。だからもうこの件では俺に関わらないで欲しいんだ」

きっぱりとそう言ったのは、曖昧な態度を取っても尾形のためにならないからだ。何かと尾形を頼っていた甘えがあんなことを招いたと言える。

これでなくなる友情なら今回のことがなくともいずれ失っただろうというのが土方の意見だった。時折ドキリとするような的を射た意見を口にする。

「俺はお前が心配なんだよ。霊がいるのは本当なんだ。お前に近づく口実じゃない」

「わかってるよ」

「じゃあなんで俺を拒むんだ。俺は確かに出来損ないって自分でも言ったけど、この手のことはインチキも多いんだ。祈禱師《きとうし》とか霊能者とか胡散臭《うさんくさ》い奴に頼むくらいなら……」

「そんな予定はないよ」

最後まで言わせなかった。いつまでも尾形の話を聞いている時間もない。早く土方と合流して山林を捜索したい。

「どうするつもりだ？」

「このままでいい。自分でなんとかする。祈禱師も霊能者も頼らないから心配するな」

説明できるものならしたかった。実体化している時の土方に会わせて事情を説明するという考えも浮かんだが、結局面倒なことになるだけな気がしてすぐに却下となった。

「とにかく、この件に関してこれ以上何か言ったら絶交だからな」

「一生……」

自分に好意を寄せる相手だからこそ、こんな脅し文句を口にした。残酷なようだが、これ以上引き摺るよりいい。

「わかったよ。お前の気持ちはわかった」

落ち込みを隠せない尾形を見て済まなく思ったが、正直なところホッとしたのも事実だ。早くこうしていればよかったと後悔する。

「ごめん、原稿のほうが忙しいんだ」

「そうか。じゃあ、俺は帰るよ」

「せっかく来てもらったのに、飲み物も出さなくてごめんな」

「いや、気にするな。俺も用事あるし。それじゃあ」

わざと急いでいるような態度で尾形を帰らせ、店を閉める。

それからすぐに屋敷に向かった。屋敷に到着すると、土方はよくそうしているように縁側でキセルを吹かしながら待っている。午前中だからか、今は再び透けていた。

「すみません、遅くなって」

「またあの野郎と会ったのか？」

そんなことひと言も言っていなかったのに、なぜわかるのだろう。不思議に思っていると、土方はニヤリと笑ってみせる。

「顔見りゃわかるんだよ。何十年生きてると思ってるんだ」

「生きてないでしょ」

何度したかわからない突っ込みを入れ、笑った。

尾形のことで落ち込んでいたが、土方に会うとそんな気持ちはどこかへ消えてしまう。もしかして元気づけてくれているのかと思い、まさかそんなはずはないとすぐに否定した。

「ばっさり切り捨てられねぇのはあんたの弱さだが、そういうところは嫌いじゃねぇぞ」

「それはどうも」

なぜ顔が熱くなる……、と自分を叱咤《しった》し、すぐに出かける準備をする。

山林まではタクシーを使った。昼間だが山林に入ると木々に日差しが遮《さえぎ》られて、かなり涼しい。地図を広げて捜索範囲を決める。

「今日はこっち側を捜してみましょう」

「大丈夫か？　疲れたら言えよ。俺は疲れねぇからどんどん歩くぞ」

「はい」

時々気遣いの言葉をかけられ、足元に注意しながら奥へと進んでいった。

だが、安田は運動不足なうえ相手は疲れ知らずの幽霊だ。安田の歩調に合わせるのは退屈なようで、しばらくすると土方は寄り道を始める。

「お、あんなところにわらびが生えてるぞ」

そう言って道から外れ、草むらを掻き分けて奥へと入っていった。

「あんまり奥に入っていかないでくださいよ。道に迷いますよ」

「大丈夫だよ。今日の飯は山菜飯ってのはどうだ？　甘辛く味つけした油揚げにつめて山菜いなりってのもいいな。昔、俺が通ってた女に料理の上手いのがいてなぁ。胡麻《ごま》も入ってて、ありゃ旨かったな。山菜いなり喰いてぇなぁ」

「真面目に捜してください。誰のために歩き回ってると思ってるんです」

「おいなりさんは嫌いか？　それとも俺のおいなりさんに興味があるのかぁ？」

「何が俺のおいなりさんですか。別に興味はないですよ」

大事なものを捜しているというのに、緊張感がまるで足りない。こんなことで本当に見つかるのかと不安になってきた。

だが、土方の軽口が疲れを紛らわせてくれているのも事実だ。いつ終わるかわからない捜索活動を続けるには、あまり気を張らずにこのくらいの気持ちでやったほうがいいのかもしれない。

「お、ありゃマッタケじゃねぇか？」

「まさか。まだ季節じゃないですよ」

「嘘じゃねぇよ。ほら見てみろ」

土方の指差したほうには、確かにマッタケらしきものが生えていた。それを見て、七月の終わり頃に出回るマッタケの話を思い出した。梅雨の時季に秋になったと勘違いして早く出てくるマッタケのことだ。高級料亭などで出される程度しか出回らないようで、もちろん安田は見たことがない。

「マッタケご飯、美味しいですよね」

「お、いいねぇ。マッタケご飯喰いてぇな」

「採っていいんですかね？」

「いいんじゃねぇか。この山林、あんたの親の持ち物だろう」

「そうか、そうですよね」

マッタケなんて贅沢なものを食べるチャンスなど滅多にないと、安田もつい寄り道をしたくなり土方とともにマッタケ狩りを始めた。いくつか買い物袋を畳んで持ってきていたため、土方が見つけたそれをどんどんつめていく。放置していた山林だが、山菜なども豊富で自然の恵みがこれほど多いのかと驚いた。

「こっちにもあるぞ～」

「わ、本当だ。大猟じゃないですか」

土方に呼ばれ、さらに奥へと入っていく。すると、ふと土方が噛み締めるような口調でこう零した。「懐かしいな」

安田が手にしたマツタケをじっと見ている土方の表情は軽口を叩く時のそれとは違っていて、失ったものがまだその股間にあった日への郷愁の念が浮かんでいた。本人の話によると随分と遊んでいたようだ。男としての魅力を最大限に生かして人生を満喫していただろう時間を懐かしむのも当然かもしれない。

「くそ、なんで見つからねぇんだ」

長いこと失ったままの状態でいた土方を思うと、どう言葉をかけていいかわからなかった。安田の小説の仕事を気にかけてせっつかないでくれているが、やはり早く取り戻したいという気持ちはあるのだろう。土方が余裕を持った大人だから忘れていた。

それなのに自分ときたら――土方の思いやりを見せられるにつけ、己の未熟さを感じる。

「頑張りましょう。俺も頑張って捜しますから！」

握り拳《こぶし》を作って訴えたのがよかったのか、土方は「そうだな」と言っていつもの笑みを浮かべた。ニヤリと笑うその表情は、土方をなんとか元気づけたいという安田の気持ちを見透かしているようで、急に恥ずかしくなる。

「まぁ、俺のはもっと大きかったがな。こんな感じで握ってみせると、相手はみんなうっとり見上げたもんだ」

「またそんなこと……」

言いかけたところで言葉を呑んだ。先ほどまで透けていたはずだが、いつの間にか土方が実体化していたことに気づく。マツタケを見て触発されたのか、一番大きなそれをしっかりと手に握っていたのだ。

「土方さん、それ……」

「お！」

土方も驚いたようで、マツタケを持った自分の手をじっと眺めたかと思うと両腕を広げて抱きついてくる。

「わ！」

毎度おなじみのパターンに反応はできたが、足元が滑りやすい場所だったため避けきれない。湿った地面に足を取られて抱きつかれたまま尻餅をつく。押し倒された格好になり、躰を硬直させたまま土方を見上げた。この体勢はよくない。すぐ目の前に男らしく整った顔がある。

鼻、唇、顎。どれを取っても男臭い色香に溢れていて、心臓が高鳴り始めた。

そして、土方がぼそりとつぶやく。

「またむらむらしてきやがった」

ふざけているのかと思いきや、大真面目だ。怖いくらい真剣な目をしている。どう言葉を返したらいいか迷っていた安田だが、土方はとんでもないことを言い出した。

「もしかしたらこいつもチンコに早変わりするんじゃねぇか？」

マツタケを股間にあてがうなり、それは淡い光に包まれた。前にキュウリが変貌《へんぼう》した時と同じだ。光は着流しの上から土方の股間の中へと入っていく。

「――――っ！」

土方は慌てて前をくつろげてふんどしを解いた。すると、立派に育った男性器がしっかりとついている。すでに隆々としたそれを見て、土方との行為を思い出した安田は顔を赤くした。勃起したイチモツを見せられた男の反応として、これは大いに問題がある。

「やっぱりな！　キュウリといい大根といい、お前には特殊な能力があるぞ！」

「ちょっと待ってください。それ……っ、マツタケでしょ」

「おんなじだよ。つべこべ言わずにやらせろ」

生き生きとした目と赤い舌先を覗かせるその仕草は、とてつもなく危険でとてつもなく魅力的だった。オアズケを喰らっていた獣が、ようやく与えられた食事を前にしたような反応だ。

舌なめずりをする獣は、溢れてくる涎をじゅるりと吸ってから獲物に襲いかかる。

「わ～～～～～～～っ」

逃げようとしたが、足首を摑まれて引き戻されてしまった。上から押さえ込まれ、完全に自由を奪われる。相手は死んだ人間だが、生きていた頃は蟹船の漁師だ。力で敵《かな》うはずがない。

「いいじゃねぇか、たっぷり可愛がってやるよ」

すでに臨戦態勢に入っている土方のそれがズボンの上から押しつけられると、安田は自分の心の一部がそれに積極的に応えたがっていることに気づいた。


己の吐息をこんなに恥ずかしく感じたことはなかった。まさか自分がこんなことをするなんてと、戸惑いの中に身を置いている。

「大丈夫だよ、これを摑んでろ」

安田は天までまっすぐに伸びたアカマツの木に摑まり、ズボンだけ膝まで下ろされて後ろから躰をまさぐられている。熱い手のひらが自分の躰に火をつけていくのを、なされるがままに受け入れるしかなかった。すぐ背後に感じる土方の息遣いもいけない。獰猛《どうもう》な獣のようなそれは、真面目に生きてきた安田の奥から被虐という欲望を引き摺り出してしまう。

「はぁ、はぁ」

静まり返った山林の中では、二人の呼吸する音がやたら大きく聞こえた。物音といえば、風が揺らす木々の枝の音や鳥の声ばかりだ。自然に囲まれた場所というのが、この行為をより浅ましく感じさせていた。

生い茂る木々のせいでこの辺りは日陰だが、太陽はまだ空の上で、爽やかな木漏れ日が降り注いでいる。男に嬲《なぶ》られ、躰を熱くして中心を硬くしている自分が、ひどくいやらしい人間に思えてならない。己の動物じみた部分を痛感するほど中心は張りつめていく。

（こんな……っ、こんな……っ）

視界の隅に、土方の無骨な手が自分を握っているのが映っている。見たくないのに見てしまい、視線を逸らした。けれども、なぜかまた見てしまう。

無骨な手に好き放題されている自分の中心は、もっと欲しいと訴えているようだった。

「土方、さ……、……も……やめ……っ」

「何言ってやがる。こんなにしておいてそりゃねぇだろう」

そう言うと、土方は安田が持ってきたリュックの中をごそごそと探り始めた。ゼリー状の栄養補給食品を出すのを見て、あんなものを使うのかと泣き出したくなる。

「や、やめてくださ……っ、食べ物を……使うなんてバチが当たります……っ」

「キュウリや大根の時はノリノリだっただろうが」

「……っ、あ、あれは……っ」

反論できるはずもなかった。あの時の快感は今も覚えている。

これまで感じたことのない愉悦に、自分が男であることすら忘れるほど夢中になり、土方との行為に溺れた。無理矢理だったなんて言い訳はできない。

「嫌……っ、……待……っ、……くだ、さ……っ」

「嫌じゃねぇだろう。こんなにたっぷり溢れさせやがって……」

見透かしたように含み笑いをする土方を見て、安田は羞恥に身を焦がした。

「ぁあ……っ！」

先端のくびれを指先でなぞられ、ビクン、と躰が跳ねた。この反応だよ……、とばかりに耳元で含み笑いをするのが聞こえる。嘘を言ってもわかるんだぞと、取り繕《つくろ》う安田の言葉を躰で否定するのだ。嫌だ駄目だと言いながら先端から透明な蜜をたっぷり溢れさせていては、何を言っても同じだと痛感した。

「ぁ……あ……、ぅ……う……ん、……んんっ、……んぁ……、駄目、……駄目……っ」

土方の指使いがたまらなくよく、自ら腰を動かしてさらなる刺激を求めたくなった。必死で堪えているが、完全に自制できているかというと違う。土方が嬲りやすいよう腰を浮かせてしまうのをどうすることもできない。

「駄目じゃねぇんだろう？　腰がちょっとばかり本音を吐いてるぞ」

「もう……お願、……しま……っ、……はぁ……っ」

後ろに手が伸びてきたかと思うと、ゼリーを塗り込められる。ヒクリとそこが応えるように反応すると、土方は焦らすような動きで蕾をマッサージし始めた。もどかしいと感じる刺激に、安田の躰は貪欲さを見せ始める。

「ぁあ……ぁ……、……ぅん……っく、……んんっ、……ん……ッふ」

いつまでも蕾を優しく撫でるだけの愛撫に、早く指を挿入してくれと願った。そこで男を受け入れたことのある安田の中には、誤魔化せない明らかな欲望が隠れているのだ。

「欲しいのか？」

耳朶《じだ》に唇を押し当てながらそう聞いてくる土方の声は、安田の劣情を呼び起こすほどセクシーだった。悪い男だ。こんなことをして、こんな悪いことを覚えさせて――。

あそこで味わえる快感があることを知ってしまった躰は、もうまっさらだった頃には戻れない。

「……土方、さ……」

「なんだ？」

「……欲し……」

「欲しいのか？」

「欲しい、です……、んぁぁあ……っ」

ジワリと指を埋め込まれ、そこは歓喜した。すぐさま吸いつき、はしたなく土方を求める。飢えた躰は恥じらいを知らず、与えられたものに容赦なくむしゃぶりついて放そうとはしない。

そこが徐々にほぐれていくとゼリーの甘い香りが漂い、ぬちゃ、ぬちゃ、といやらしい音が絶え間なく聞こえてくる。さらにゼリーを足されると、自分の後ろがびしょ濡れになっているのがわかり、まるで自分が漏らしたようで顔が熱くなった。

「いいぞ、い〜具合にほぐれてきやがった」

愉しげな土方の声が、羞恥をさらに煽る。隠しても無駄だと言われているようだ。

「や……っ、待……っ、……やぁ……あ……っ」

指を引き抜いた土方に屹立《きつりつ》をあてがわれ、安田はどうしていいかわからず身を固くしていた。ゆっくりと腰を進められ、やはり土方の男性器の正体はマツタケなのだとわかる。

キュウリや大根とは硬さが違う。柔らかく、だが弾力がある。それだけに苦痛も少なく、この行為にすぐにのめり込んでしまった。

「……ぅん、ぅん……ぁ……ああ……、——ぁぁ……ぁああ……」

急がず、最後までゆっくりと収められ、安田は鼻にかかった甘い声を漏らした。たやすく土方を呑み込んでいく己の躰が怖いくらいだ。

そんな戸惑いを抱える安田の思考を停止させるかのように、土方はやんわりと腰を動かし始める。もどかしいくらいゆっくりで、安田は知らず尻を突き出していた。

（あ、すご……、……気持ち……い……）

自分をいっぱいにするそれに、安田は夢中になった。

土方の腰使いは、逞しく、力強く、生命力に溢れている。相手はこの世の者ではないのに、まるで本当に生きているかのように安田を翻弄《ほんろう》するのだ。

「いいか？　俺のはいいか？」

何度も聞かれ、聞かれるたびに何度も応える。

いい。気持ちいい。死ぬほど気持ちいい。どうにかなってしまいそうだ。

心の中の声を言葉にしたのかは自分でもよくわからないが、土方には全部お見通しだろう。

（でも……、……マツタケ、なのに……っ）

あまりによくてその事実を忘れてしまいそうになった安田は、この行為に溺れてしまわないよう何度も頭の中で繰り返した。

自分の中をいっぱいにしているのは、土方のものではなくマツタケだ。この前の時と同じことが起きているなら、行為が終われば元に戻るはずだ。いや、今まさに行為の最中だが、こうしている今も出し入れされているのは単なるマツタケなのかもしれない。

「なんだ、まだ何か気になることがあるのか?」

「だって……マツタケ……です、よ……、……ぁあ……ぅん」

「違うって言ってるだろうが。しっかり俺のご自慢のものだよ。少し柔けぇがな」

「それが、マツタケって……、……ぁ……、証拠、じゃあ……、……ア……ア」

「マツタケがケツの穴に入るもんか。それに感覚だってあるぞ。俺の熱を感じねぇか?」

土方の言うとおり、本当にマツタケだったのか疑わしいほど熱い。体温まで感じるなんて、やはり本物としか思えずに行為に溺れていく。

混乱の中で快楽だけがどんどん育っていき、最後には土方のそれがなんなのかなんてどうでもよくなっていった。

「ほらほら、もうこっちは柔らかくなってんぞ。そんなに吸いついて悪い子だな」

「んぁ……、や……です、……土方さん……っ、……嫌ぁ……あ……」

「そんなに気持ちいいか?」

「ぁ……ん、……気持ち、……い……、……気持ち、……いい……っ」

やめないで……、と口にしそうになり、唇を噛む。すると、顎に手をかけられて後ろを

向かされ、唇をやんわりと噛まれた。舌で舌を搦め捕られて応じる。

土方の唇が意外に柔らかく、キスは愛撫そのものだった。

「ぅん、……んん、んぅ……、ん、……ん……ッふ」

キスは次第に濃厚になり、段階を踏んで激しく貪り合うものへと変わっていく。安田からも求めると、それが答えだとばかりに噛みつくように荒々しさを増した。

片膝を立て、より深く抉《えぐ》るように腰を使う土方に、安田はかろうじて手にしていた理性を手放すはめになる。

「いいぞ、もっと可愛く啼いてみろ。ほら、ほら、いいんだろう？　ほら」

「ぁあ……、あん、……ぁあ……あ……ぅん、……や……ぁ、そこ……、……そこ」

「ここか？　こうか？　え？　ちゃんと言わねぇとわかんねぇだろうが」

「そこ……嫌です、も……嫌、……駄目……、……そこ……、……やめ……」

「して欲しいのか、それとも嫌なのかどっちなんだ」

クスリと笑う土方に、安田は無意識に答えていた――して欲しい。

「わかってるよ、お前のここは……ちゃんと白状してやがる」

腰をより深く押しつけながら言われる。奥に当たるたびに凄絶《せいぜつ》な快感に我を失う。

「んぁああ……、……ダメ、……駄目ぇ……っ」

いっそう大きな掠れ声をあげて、安田は土方を喰らった。どんな言葉を並べようが無駄だとわかった。どんなに取り繕っても、白状している。気持ちいいと、躰全部で吐露してしまうのだ。

「ごめ……な……、……さ……」

何に謝っているのかわからないが、唇の間から漏れた声はそんな言葉だった。

その時、少し離れた草むらで音がした。ビクンと反応し、そちらを振り返る。それに気づいた土方が優しく頭を撫でてきてこう囁いた。

「大丈夫だよ、風だ」

こんな山奥に誰か人が来るとは思えないが、屋外でのセックスは初めてなだけに誰かに見られるのではないかという思いに駆られる。

私有地だが、地元の人が山菜採りなどに来てもおかしくはない。

「誰か……いる、かも……」

「いねぇよ。それにいたって構わねぇよ。見せてやれ」

むしろそのほうが盛り上がると言いたげだった。

「そんな……」

「外の醍醐味だよ」

「でも……やっぱり誰か……、います……、……ぁあ……っ」

俺に集中しろとばかりに深く押し入られ、奥に土方を感じた安田は脳天まで突き抜けるような甘い痺《しび》れに、取り戻しかけた理性を奪われた。

「んあぁ……ぁ……、……はぁ……、……ぅん……ん……ぁ……あ……」

あまりの快感に涙が溢れて頬《ほお》を伝う。

「お前がこんなに可愛く啼くなんてな……、俺のほうが嵌まりそうだ」

「……嫌、……いや……、……そんな……され、……ら……死んじゃう……死んじゃう」

前後不覚になり、最後はそんな言葉を口にしていた。

誰かが見ているかもしれない——そんな気持ちがスパイスのように作用したのは言うまでもない。

しかし、安田が感じた視線は決して気のせいではなかった。二人の交わりに注がれる熱い視線は確かに存在していたのだ。安田が耳にした物音を立てたのは、決して風なんかではない。

彼は、安田のあとをずっと尾行《つ》けていた。一人で山に入っていくなんておかしいと思いながらここまでついてきた男は、茫然とせずにはいられなかった。

「なんだあれは……」

尾形だった。ゴクリと唾を飲み、友人のあられもない姿を凝視している。

理解しがたい事実と、あんな姿を晒すのだという驚き。それは、これまで長年安田に想いを抱き続けてきた男にとって、あらゆる意味で衝撃だった。

「一人だったはずなのに」

途中から浮かび上がるように出現した男が、生きている人間でないことは当然わかっている。ただ、いつから安田の傍にいたのかまではははっきりしなかった。

「あれが、一生に取り憑いてる霊か。なんとかしないと」

その口から出たのは、除霊師という立場にいるからこその言葉だ。だが、それだけではない。

嫉妬《しっと》。

自分が長年想い続けてきた友人をいとも簡単に奪われた男の胸に浮かんだのはまさにそんな感情だ。そして、それは次第に黒い焔へと変わる――自分は拒まれたのに。

尾形は醜い感情に支配されながらも、安田の扇情的な姿から目を離すことができなかった。

山林で土方に抱かれて以来、安田は再び苦悩の日々を送ることとなった。

「絶対間違ってる。絶対に絶対に間違ってる」

頭を抱え、このところ自分が犯した罪を思い返しながら悶絶《もんぜつ》する毎日だ。

激しく落ち込んでしまうのは、自分が求められる以上に求めてしまったような気がするからだ。口では拒むようなことを言っておきながら、躰はそうではなかった。いや、心もだ。よくって、たまらなくよくって、そしてもっとして欲しくて、何度もねだった。

あれを土方だけのせいにするほどずるくはない。

相手は男なのに、幽霊なのに……、と頭で考えても肉欲に支配されてしまう。自分は淡白だと思っていたのに、このところ土方との行為によってタガが外れたようになっている。

これまでセックスに積極的でなかったぶん、反動がついているのだろうか。

いや、それともノーマルなセックスでは開花しなかったものがアブノーマルなプレイにより花開いたと考えたほうがいいのかもしれない。淡白だったのではなく、普通でなかったということだ。だから女性との普通のセックスには興味が薄かった。

「俺は……普通じゃないのか」

頭の中は土方との行為でいっぱいだ。嵌まっていると言っていいだろう。

「おい、今日は山に捜索に出ないのか？」

その時、奥から土方が出てきた。二階でくつろいでいたようだが、いつまでも店にいる安田に痺れを切らしたのだろう。少々ご機嫌斜めだ。

「も、もう行きません。原稿のほうが忙しくて……一人で捜してください。手がかりは見つけてあげたでしょう？」

　これ以上土方と一緒にいると、人の道からどんどん外れてしまう。そんな思いから安田は突き放すようなことを口にした。

　相変わらず日の高い時には実体化していない。昼間に実体化したのは、山の中でセックスをした時だけだ。もしかしたら、生い茂る木々の枝に光が遮られて薄暗かったからなのかもしれない。それなら、安全と言える昼間にわざわざ捕食者の巣に飛び込むような真似はしなくてもいいじゃないかというのが安田の言い分なのである。

「わかったよ。俺一人で行ってくる」

「すみません」

　土方はすぐに行こうとはせず、じっと安田を見下ろしてきた。

「あいつとは連絡取ってんのか？」

「え？　尾形ですか？」

「そうだよ」

「取ってません。突き放したからもう来ないと思います。無理矢理除霊されることもないですから、心配しないでいいですよ」

「ふ〜ん」

　何か思うところがあるという反応だった。納得していないという顔で何やら考え込んでいる。だが、土方はそれ以上聞いてこようとはせず、「行ってくる」とだけ言い、安田の横を通り抜けて店を出ていった。

一人になると出入り口の扉をじっと見つめ、ため息を漏らす。

土方を成仏させたいと思った時のことを思い出して、罪悪感に苛まれた。消えかけていた子犬の霊が安田に触れて力を取り戻したと土方に聞いた時だ。仕事ではたいした結果を出せずにいる安田にとって、あの話は自分の存在価値を感じられるものだった。だから、嬉しくて心から土方の役に立ちたいと思ったのだ。

それなのに、今はどうだ。

保身のために土方を見捨てるようなことをした。一緒に捜すと決めたのに、そうしたいと思ったはずなのに、自分が快楽に弱いと知って他人を思い遣る気持ちを失った。こんなことだから、仕事も中途半端なのだと自分を責める。

「でも……土方さんだってあんなふうに……」

自分を抱いた時の土方を思い出して不満げにそうつぶやいたが、目許はほんのりと赤く色づいている。怒りからくる紅潮ではないと、ちゃんとわかっていた。

頭の中に浮かぶのは、その獣じみた息遣いや熱い手。死んでいるなんて信じられないほど力強く自分を揺らし、前後不覚にした罪な男。

何を口走ったのか覚えていないくらい、感じた。あれほどの快楽があっていいのかと思う。

「――あ」

安田は、座ったまま前屈みになった。思い出しただけで股間が反応してしまった。下着の中で、それはしっかりと頭をもたげている。中学生じゃあるまいしと自分に突っ込みを入れるが、そうしたところで元気なそれはすぐに収まってくれない。

「ぅう……っ」

何か違うことを考えようとするが、努力の甲斐なく土方との行為が蘇ってくる。まるでモグラ叩きのようだ。両手で押さえ込んでも別の穴から出てくる。あっちからこっちから次々と湧き上がってくるのだ。

「だ、駄目だ……」

このままでは客が来た時にまともな応対ができないと思い、トイレに駆け込んだ。そして、手早く処理する。できるだけ機械的に、事務的に。

ただの処理だと言い聞かせながらの行為は快楽とは程遠く、射精までえらく時間がかかった。それでもなんとか収めることができ、激しく落ち込みながらフラフラとトイレから出る。

「はぁ、……なんで……こんなこと……っ」

再び店のカウンターに座ってノートパソコンに向かったが、仕事は手につかなかった。

ていく。

一向に改善する兆しはなく、しばらく悶々《もんもん》としていた。ため息を零すだけの時間が過ぎていく。

一時間ほどしただろうか。客も来ないため、悩んだ挙げ句に土方を追うことにした。時間の無駄だ。そして、やはり無責任だ。一緒に捜すと約束したのに自分の都合で一人で捜せだなんて人として間違っている。

そうと決まると行動に移るのは早く、すぐさま着替えて準備をし、リュックを背負って店を出た。

「土方さん、どの辺りまで行ったんだろう」

山林の地図を広げ、前回捜索した箇所を見て大体の見当をつける。途中でタクシーを拾い山林の入り口まで行くと、何度も通った道を入っていった。見覚えのある木や見覚えのある岩など、もうすっかり記憶にインプットされている。

さらに奥に入っていくと、次第に険しい道になる。急いで行かないと日が落ちてしまうと、歩調を速めた。

「土方さーん、土方さーん」

名前を呼びながらさらに奥へと入っていく。通い慣れた道から馴染みの薄い道へと変わると、不安な気持ちが胸に湧いた。今までは土方がいたから安心していたが、一人で道に迷ったらと思うと心臓がトクトクと鳴る。

ようやく前回捜索したところまで辿り着いた。座って水を飲み、一息つく。

「この辺りにいるはずだよな」

闇雲に捜すのではなく、範囲を決めて一つずつ潰していくやり方をしていたためそう大きくずれてはいないはずだ。近くにいるに違いないが、何度呼んでも土方の返事はない。

「はぁ、はぁ」

見つからない焦りからか、いつもより息があがるのが早い気がした。

合流できなかったら、無駄足になる。こういう時に携帯電話が使えないのは不便だ。土方に持たせようにも実体化していない時は持ち歩くことはできない。やはり追いかけてきたのは無謀だったかと、来たことを後悔し始めていた。

土方なら、自分の男性器が埋められている場所の近くに来ればセンサーのように何か感じ取れると言っていた。だが、安田一人ではその近くに来ても素通りしてしまう。

自分はなんて馬鹿なんだと思いながら、こうなったら何がなんでも土方を捜すしかないと覚悟を決めた。

「もうちょっと東のほうに行ってみよう」

安田は途中何度も目印のリボンを結びながら山林の中に入っていた。

「土方さーん、土方さ……、――ふぐ……っ！」

土の中から出ている木の根に足を引っかけ、顔から突っ込むように転んだ。両手をついたが勢い余って鼻をぶつけてしまう。手で鼻を押さえたが、幸い鼻血は出ていない。

「もう……どうしてこう……」

鈍臭い自分に悲しくなってきて、地面に嘆きを吐き出す。すると、視界に人の足が入ってきた。雪駄だ。勢いよく顔を上げると、キセルを咥えた土方に見下ろされている。

「なんだ。来てたのか」

「土方さん！」

「今日は来ないんじゃなかったのか？」

「そ、それは……」

自分の心の狭さを指摘されたような気がして、何も言えなくなった。そんな安田を見てどう思ったのか、土方は手を伸ばしてくる。素直にそれを摑んで立ち上がると、なぜか土方も泥だらけなのに気づいた。この男も転ぶのかと、妙なところで感慨に耽《ふけ》る。

「でも来てくれたんだな。ありがとうよ」

頭をポンと軽く叩かれ、心が温かくなった。子供じみた自分の態度を謝るべきだと思ったが、そんなことすらどうでもいいという態度に喉まで出かかった言葉を呑み込む。

「昼間なのにまた実体化してるんですね」

「ああ、山林に入ったばかりの時はまだだったんだがな。俺が実体化するのは、この辺りに俺のチンコが埋められてるからかもしんねぇぞ」

「た、確かに」

今日は一緒にいなかったのに実体化しているのは、そういうことかもしれない。

希望が湧いてきて疲れも吹き飛ぶ。

「じゃあ、捜しましょう。もう少しで見つかるかも」

「そう焦るなよ。そんなだから期待と違うと落ち込むんだろうが」

確かにそうだと、落ち着き払った態度の土方を見てこれが大人の余裕なのだろうと反省した。平常心で捜さなければ、長続きしないだろう。

「それに実はちょっと寄り道してたんだ」

「寄り道？」

「タケノコが生えてるんだ。こりゃタケノコご飯だと思ってよ」

「誰が作るんです」

「そりゃお前だろう」

当然のように言われ、言葉を返す気力もなくなった。脱力する。

「まぁ、どうせ俺のも土の中にあるんだ。俺のチンコを捜すついでいいじゃねぇか」

だから泥だらけだったのかと思い、呆れた目を向けた。まだ転んだほうがマシだ。勇み足になるところを落ち着かされて大人の余裕を見せられたと思ったのに、これでは小学生男子だ。真面目さが足りない。

そして安田は、ふとあることに気づいた。

(ん？　タケノコ……？)

目が合い、何やら悪さをしようとしている土方の表情に硬直する。

二人の沈黙を誇張するかのように、山鳥がピィィー……ッ、と鳴いた。


「ッあー……っ！」

絶頂を迎える安田の掠れた声が山林に響き渡ったのは、それから小一時間が過ぎてからだった。

案の定、安田は男性器化したタケノコで後ろを突きまくられ、激しく抱かれた。

時折聞こえる鳥の声。遠くから聞こえるジェット機の音。

こんな山中で、こんな恥ずかしいことをしている——そういった思いの中、高みへと連れていかれた。

ズボンだけ全部脱がされ、尻を剝き出しにされてリズミカルに腰を打ちつけられる悦びは言葉にできないほど大きなもので、射精したあともしばらく躰を揺らされている感じがして頭がぼんやりしていた。

欲望を放って放心した安田は、体重を乗せてくる土方を黙って受けとめる。

「やっぱりお前は……最高だよ」

その言葉を遠くのほうに聞きながら、生い茂る木々を虚ろな目で眺めた。絶頂を迎えてもなお続く快感の余韻《よいん》に、時折躰を小さくビクンとさせる。

「……駄目……、……タケノコ……、ダメ……。……絶対」

行為が終わってもなお、その最中に何度も口にした言葉を譫言《うわごと》のように漏らしてしまい、土方にクスリと笑われた。その笑い方が魅力的で、胸がキュンと締めつけられる。

安田は、土方を追いかけてきたことを後悔していた。

今度はタケノコだった。タケノコが土方の男性器に姿を変えた。しかも、両足首を掴まれ、脚を大きく広げた状態で尻を犯されたにもかかわらず心は土方との行為を拒んでいなかった。むしろ恥ずかしいことをされるほど昂《たかぶ》っていた。

（だから……っ、嫌だって……言ったのに……）

学習能力のない自分を罵りたい気持ちでいっぱいだったが、この行為をとめる術《すべ》はなかった。どんなに後悔しても、いったん土方に抱かれると身を差し出して己の欲望をさらけ出してしまう。

「よかっただろう？」

「よく、な……」

「そんなことあるか」

土方はまたクスリと笑い、身を起こした。終わったあとの土方は男の色香に溢れていて、見下ろされただけで再び下半身が反応しそうになる。

汗で前髪が濡れているのも魅力的だ。

「タケノコじゃなかっただろうが。俺の立派なチンコだったぞ」

「でも……、でも……っ」

二人の傍には、タケノコが転がっていた。ほんの先ほどまで男性器として土方の股間についていたものだ。今はただのタケノコに戻っているが、カーブした形が勃起して鎌首をもたげた土方の屹立を思い出させ、卑猥な形に見える。タケノコの姿をそんなふうに見てしまう自分が恥ずかしい。

「俺に吸いついてやがったじゃねぇか。男もかなりやったが、これほどの名器はいなかったぞ」

「そんなの……知り、ませ……ん……」

「相変わらずいい光景だったぞ」

土方が何を言っているのか、察しはつく。

二人が結合した部分のことだろう。最中は情熱的な目で見られた。そして、その視線に羞恥を煽られてますます昂ぶったのだから世話はない。また、山の中で自分が下半身をさらけ出してしまったことも、安田の理性を奪うのに大きな効果をもたらした。

視線を横に移せば青々と茂った草や木の枝が見えるのに、それを背景に自分の生足を見ることがあれほど欲望を煽るとは思ってもみなかった。本当に自分はどうしてしまったのだと思う。

「いいじゃねぇか。タケノコだろうがマツタケだろうが、やってる時は俺のチンコだったんだからよ」

細かいことは気にしないという土方の態度は、その豪快な性格をよく表していた。ダイナミックな男に大自然の中で抱かれたのも、安田をあの行為により深く溺れさせた要因の一つに違いない。

「だから……っ、嫌……だったんです……、……だから……っ」

土方に迫られたら拒めないとどこかでわかっていたからこそ一緒に来なかったのに、結局追いかけてきた。一人で捜させるのは無責任だと思ったからだが、自分でも気づいていない本音があったのかもしれない。

どこかで、こうなることを望んでいた。

否定しきれない思いに戸惑っていると、土方は地べたに胡座をかいてキセルを取り出した。羽織《はお》っただけの着流しは土方の肉体美をちらつかせ、いかにも情事のあとという感じがしていけない。絵になる。

満足げに煙を漂わせながら、土方は遠くを見た。

何を思っているのだろうとその横顔に見惚れていると、ぽつりととんでもないことを言われる。

「んなこたぁ最初からわかってたよ。こうなるのが怖くて『手がかりは見つけてあげたでしょう』なんて冷てぇこと言ったんだろうが」

「……っ！」

「本当は困ってる人間を見捨てられる性格じゃねぇだろう」

言って、土方は思い出したように羽織っていた着物を安田の下半身にかけた。ろくに動けないままでいる安田を気遣ってのことだ。

こんなちょっとした優しさを何度見せられただろうか。

「ずっと見てたからわかるさ。尾形って奴を無下にできねぇのも、お前のそういう性格が関係してるんだよ。それにな、本当は俺に抱かれるのが嫌じゃないから嫌だってのも知ってるぞ」

「そ、そんなこと……っ」

「ないってのか？」

ニヤリと笑いながら見下ろされ、顔が熱くなる。

嘘を言えば言うほど、自分が不利になっていく気がした。悪足掻《わるあが》きしても無駄な相手なのは間違いない。

それでも素直になるにはまだ程遠い。恥ずかしさが、それを邪魔する。

「……どうして、そう言いきれるんですか？」

「わかるさ。嫌ならあんなに俺に吸いつくもんか。お前の躰が、全部白状してた」

反論などできなかった。できるだけの材料がなかった。

全部、土方の言うとおりだ。

安田が何も言い返せなくなったとわかると、土方はトドメを刺すようにさらにつけ加える。

「それからな、男とやったことがねぇお前がなんであんな姿を俺に晒すかわかるか？」

身を屈め耳元で悪戯っぽく囁いてくる土方に、そう言われるほど自分は乱れたのかと恥ずかしくなった。わからないと首を横に振ると、予想しない言葉が返ってくる。

「男同士だからだよ」

「……っ！」

「女じゃお前をあんなに激しく揺らせないだろうが」

含み笑いをしながら耳元で囁かれ、その言葉に羞恥はいっそう深くなった。

そうだ。あんなに激しく揺らすのは、土方だけだ。セックスの最中は男に抱かれていると強く実感させられるのは間違いない。

「あと理由はもう一つある。こっちが重要だ」

なんだろうと土方を見ると、熱い視線を注がれる。

「相手が俺だからだよ」

ドキリとした。

それほどの魅力がある男だという自負からきた言葉なのか、それとも安田の気持ちを見抜いているぞという意味で言った言葉なのか、どちらなのかわからない。ただ、自分を見下ろす土方の表情がたまらなく色っぽく、この男に抱かれたのだと実感するにつけ己の土方に対する気持ちは大きくなっていった。

（……でも、土方さん、……見つけたら……成仏……するんですよね……？）

ふいにいつか来るその日のことが脳裏に浮かび、寂しいような切ないような気持ちになった。それを口にする気力もなく、また自分が抱いたその思いがどんな類いのものか考える余裕もなく、自分を激しく抱いた男をただ見つめ返す。

その時、土方が何かに気づいたように後ろを気にしているのがわかった。

「どう、したん……ですか……？」

「ん？　なんでもねぇよ。体力が回復するまで目ぇ閉じてろ」

頭を撫でられ、言われたとおりにした。これ以上何か考える気力はない。

優しく睡魔が降りてきて、安田はそのまま身を任せた。少しだけ……、と意識を手放す。

そんな安田を土方は優しく見下ろしていたが、実を言うと背後から注がれる視線を感じていた。

今は実体化しているため、それを確かめるためには可愛く啼いた男をここに置いていかなければならない。そうすることが最善とは思えなかったので堪えていたが、本来なら視線の持ち主のところへ言って胸倉を摑んでいたところだ。

（――チッ、見学料取るからな）

その視線は粘着質で、それでいて熱かった。興奮も伝わってきた。それはこんなところでまぐわう男同士の姿にではなく、安田の扇情的な姿だけに反応している。

自分たちの行為を見られることに文句を言うつもりはなかった。

見られるのは嫌ではない。むしろ行為を誰かの目の前ですることはいい刺激になるとすら思っている。けれども、その相手がいけない。

欲望、嫉妬、憎悪、独占欲――いろいろなものが混ざり合って土方の背中に突き刺さってくる。

男のことを土方は知っていた。どう追い払おうか考えていたが、そうするまでもなく観客の男の辺りでピシッ、と枝が弾けるような音がする。

足音を忍ばせて逃げていった男は、尾形だった。

尾形の妹が安田のもとを訪れたのは、数日後のことだった。

「えっと……、あいつが……？」

尾形の妹から連絡が入ったのは今朝のことで、急ぎの用事があるから開店前に古書店のほうに顔を出していいかと聞かれたのだ。思いつめた雰囲気だったため、二つ返事で待っていると言った。

彼女とは何度か会ったことがあるが、兄思いのいい妹だ。

「まぁ、あがってください」

安田はそう促したが、よほど焦っているのかここでいいと言って事情を説明し始める。

「実は兄が家を飛び出してしまって」

「何があったんです？」

「それが……うちが代々除霊師をしてるのはご存じだと思いますが、兄が父と揉めたんです」

「どういうことです？」

話を聞くと、尾形はある霊を祓《はら》うために一族の者に手を貸してもらいたいと相談したのだという。だが、取り憑かれている本人には内緒で除霊したいと言ったため父親は息子の頼みを聞き入れなかった。

かなり喰い下がったようだが、その態度がますます不信感を買ったのは想像に難くない。

「兄が祓いたいというのは、安田さんに取り憑いている霊のことなんですよね？　私は除霊師の修行はしてません。でも、兄が苦労してるのは知ってます。兄は除霊師としての才能はあまりないんです。でも長男だからものすごく努力したんです」

家を継ぐということが昔ほど長男にとって大きな意味を持たない時代になってきたが、それでも梨園《りえん》のような特殊な世界では今も色濃く残っている。おそらく、除霊師である尾形の家も同じだ。

やりたいことを仕事にし、運良く本好きの安田に合う古書店の仕事を任されてのらりくらりと生きてきた自分には想像もつかない苦労をしたのだろう。尾形が気の毒に思えた。

「それで、尾形はどうしたんです？」

表情が暗く沈むのを見て、悪い話しか出ないのは予想できた。けれども彼女の口から聞かされたのは想像以上に深刻な話だ。

「実は、昨日の晩に禁断の道具を持ち出したんです」

「禁断の道具？」

「はい。それは霊魂を消滅させるための道具で、簡単に使ってはいけないものなんです」

除霊して成仏させるのが尾形たち除霊師の役目だが、時折それが難しいほどの悪霊がいるのだという。そういった悪霊化した者は魂を浄化することもできず、人間に悪い影響を与えるだけの存在となり、自然災害のようなことまで起こしてしまう。

そこで先祖が優秀な除霊師を集め、そういった悪霊の霊魂を消滅させるためにある道具を作った。霊力の塊のようなものでかなりの力を持つという。

それが最後に使われたのは、今から五十年以上も前のことだ。使用しない時は封印されている。それを使う時は、一族の上の者の間で本当に使うべきなのか会議をして決める。魂を一つ消滅させるのだ。決して個人の判断で使っていいものではない。

「それを持って姿を消したっていうんですか？」

「はい。兄は自分の持つ力以上のものが欲しいんだと思います。もしこのまま身勝手なことをすれば兄は処分されます。除霊師としての資格を奪われるのはもちろん、家を勘当されてしまいます。ただ、自分から道具を返して反省の態度を見せれば恩情をかけてくれるかも……。だから、兄が見つかる前に説得して欲しいんです」

必死で訴えてくる彼女の目に、安田はなんとか尾形をとめなければと思った。兄思いの妹のためにも、そして何より尾形のためにも……。

「尾形は俺のところに来るってことですよね？」

「はい。消滅させたい霊がいる場所に行くはずです。自分の除霊師としての未来を棒に振ってでも安田さんからその霊を引き離したいんだと思います。取り憑かれている人が安田さんだというのは、父たちはまだ知りません」

「わかりました。尾形が来たら俺が説得してみます」

兄を想う彼女の気持ちに応えてやりたかった。尾形は道を誤ったが、与えられるなら正しい道へ戻るチャンスを与えたい。

それは、これまで友達としてつき合ってきたからこその想いだ。見捨てるようなことはしたくない。

「ありがとうございます。安田さんがそう言ってくれて嬉しいです」

彼女は涙ぐみ、深々と頭を下げた。本当に説得できるかどうかはわからないが、少しでも彼女の不安を取り除きたくて「任せてください」と力強く言う。すると、安心したように笑って店をあとにしようとしたが、ふと思いたったように立ちどまった。

「あの……一つ聞いていいですか？」

「なんです？」

「どうして自分に取り憑いている霊を除霊したいと思わないんですか？」

安田は返事に困った。自分に起きていることを話したほうがいいか迷ったが、除霊師の仕事を否定するような気がして未練ある者を無理に成仏させることに反対だとは言えなかった。どう説明しようか考えていると、安田の反応に聞いてはいけなかったと思ったらしく、彼女はすぐに引き下がる。

「ごめんなさい、変なことを聞いてしまって。やっぱりいいです。安田さんには安田さんの事情がありますよね。それじゃあ、兄のことお願いします」

再び頭を下げていく彼女の後ろ姿を見送りながら、あんなに兄思いの妹を悲しませるような真似をするなんて自分を見失うにもほどがあると尾形を叱ってやりたくなる。

「優しい女だな」

土方が隣でポツリとつぶやいた。

今日はめずらしく横から茶茶を入れてこず、彼女が来た時からずっと黙って横で聞いていた。実体化していないため彼女には見えていなかったが、全部聞いていた。

禁断の道具とやらを持ち出したとなれば、土方も今までのようにはいかないだろう。消滅させられる危険性も出てくる。

それなのに、黙って聞いていたのだ。なぜ、文句の一つも言わないのか不思議でならなかった。

「いいぞー」

「え?」

「わかってるよ。お前、友達を見捨てられないいんだろう? 本当ならそいつのオヤジにたれ込んでとっととその大事な道具ってのを回収してもらうところだがな。俺を消滅させに来るなら、俺はいい囮《おとり》じゃねぇか。どうせ一緒にいるんだ。奴が来たらお前が説得すりゃいい」

「土方さん……」

「兄貴思いのいい妹じゃねぇか。泣かせるねぇ」

キセルを吹かしながら軽く笑みさえ浮かべ、土方は彼女が消えたほうを眺めている。己の身の安全を真っ先に考えるのが普通だろうが、そんな様子は微塵《みじん》も見られない。

その時安田は、なぜ土方が同じ時代に生まれなかったのだろうなんて考えてしまっていた。土方と普通に出会いたかったと望んでしまうのだ。

（どうして……？）

実体化している時間が限られていてよかったと思っていたはずだ。こんな面倒なおっさんが四六時中普通に生きていたらたまったものではない。

自分の気持ちを確認するようにそう繰り返すが、本心でないのは安田が一番よくわかっていた。

「狙うなら山の中だろう。人がいるところじゃあまり派手なことはできねぇだろうからな」

「そうですね。山では気をつけましょう」

それからインターネットで注文のあった商品の発送準備をし、宅配便に荷物を引き取りに来てもらうと、店のほうは連絡先の貼り紙をして開店せずに出かける準備をした。今まで何度も山には行っているが、尾形が土方を消滅させることができる道具を持っているのかと思うと次第に緊張しはじめる。

(俺に尾形を説得できるのかな)

不安になるのは、最悪の事態を想像してしまったからだ。土方が消滅させられる瞬間。兄を思う妹の姿を見せられて引き受けてしまったが、自分はとんでもない間違いを犯しているのではと急に不安になってくる。

「どうした～？」

「え？　……ああ、いえ。なんでもないです。行きましょう」

土方に声をかけられ、暗い顔をしていたことに気づいた安田は気を取り直して店をあとにした。

山林に到着すると、尾形がいまいかと辺りを見渡してしまう。だが、人気のない一本道を上ってくる車はなかった。林道を通って山林の中へと入っていく。

「今日こそ見つかるといいですね」

努めていつもどおりを心がけたつもりだったが、土方は軽い口調でこう言ってくる。

「何緊張してやがる。今から気ぃ張ってると疲れるぞ～」

「そ、そうですね」

頬が熱くなるのを感じた。

隠していたつもりだが、土方には何もかもお見通しのような気がした。安田が抱いている不安も、土方に対して抱く感情の変化もすべて見抜いている――。

(そんなわけないだろ)

これ以上いろいろ考えるなと頭の中からその思いを追い出す。頬の紅潮は山歩きのせいだということにして、黙々と足を前に進めた。

そして、ふと疑問に思ったことを口にする。

「でも、どうしていきなり土方さんを消滅させようなんて気になったんでしょう」

「ん？」

「あいつは確かに強引なところもあるし、自分の気持ちを一方的に押しつけるようなところもあったけど、そこまで身勝手なことをするような奴じゃなかったのに」

長いこと友達としてつき合ってきた尾形のことを思い、顔をしかめた。告白してきた時も突然だった。それまでまったくその気持ちに気づいていなかったため、他人の気持ちを察することに対して鈍感すぎるのかもしれないなんて疑問を抱いてしまう。

「まぁ、なんでかは大体わかってるんだがな」

そんな意味深なことを言って奥へ奥へと進む土方を慌てて追った。

「どうしてなんです？」

「あいつ、見てやがったんだよ」

「え？」

「俺たちがここで一義に及んでいたのをよ」

「いちぎに……なんです？」

「まぐわうって意味だよ」

まぐわう――一瞬、思考が停止したが、次の瞬間安田は素っ頓狂な声をあげていた。

「ぇぇぇえええ――――っ！」

この時安田は、人は驚きすぎると餌《えさ》をねだる鯉《こい》のように口をパクパクさせることを身を以て知った。すぐに言葉が出ない。それを見た土方に笑いながら額を指で弾かれ、ようやく声になる。

「み、見てたって……」

「いいだろう別に」

「よくないですよ！」

自分がどんなふうに土方に抱かれたのかを思い出し、顔から火が出た。何を口走っただろうかと思い返すが、思い出せないし思い出したくない。現実逃避したい。

「あれで嫉妬心を燃やしたみてぇだぞ」

「どうして言ってくれなかったんですか」

「言ったら途中でやめただろうが」

「あああああ当たり前です！」

「邪魔されてたまるか。俺の可愛いのがあんあん啼いてるんだぞ」

平気な顔をしている土方を見て、信じられない思いでいっぱいだった。やはりこの不良オヤジにはついていけないと痛感する。

そして、土方のある言葉が頭に残った。

俺の可愛いの。

その言葉に頬が熱くなるが、どうせ誰にでも言ってきたんだろうと思い直して勘違いするなと自分を戒める。

「ん？　どうした？」

「いえ、土方さんって根っからの人たらしだと思って。俺には絶対にそんな台詞言えません。っていうかそんな台詞思い浮かびませんよ。そうやって何人もたぶらかしてきたんでしょう？」

土方はどの台詞なのかピンとこないという顔をしたが、少し考えてようやくわかったというようにニヤリと笑った。

「ああ、俺の可愛いのっていうのか？　なんだ、たぶらかされてるみてぇにグッときたのか？　そりゃ嬉しいねぇ」

白々しいという目を向けるが、どうやら本当に無意識に出た台詞のようだ。そうと知ってまた顔が赤くなる。

「思っちゃいねぇことは口に出さねぇよ」

トクトクと鼓動が速くなっているのを感じながら、なぜそんなことを言うのだろうと思った。いずれ成仏するのだ。これ以上深みに嵌まらないほうがいいのに、たらし込むような真似をする。

「このままお前といるってのも悪くねぇかもな」

心臓が大きく跳ねた。またいい加減なことを……、と思うが、土方の目は思いのほか真剣で、冗談を言っているようには見えない。

「あの……」

「そしたらあいつが許さねぇかもな。本気で俺を消しに来る。そういやよぉ、お前が俺に抱かれてたら奴は姿を現すんじゃねぇか？」

「何言ってるんです。駄目ですよ」

「そのほうが手っ取り早いぞ。ほら、もう実体化してきやがった」

先ほどの言葉の真意を聞きたいが、土方はふざけた態度で迫ってくる。

「ちょっとやめてくださいよ！　歩きにくいじゃないですか！」

「照れるな照れるな。今日は何を使おうか。タケノコもマツタケも使ったしなぁ。そろそろ大物に挑戦するってのはどうだ？」

「大物ってなんですか、大物って！」

「自然薯《じねんじょ》ってのが……」

「ないです！　ないっ！　だからどさくさ紛れにそんなところ触らないでくださいよ！」

さりげなく尻をお触りしてくる土方から逃れようと身を捩《よじ》るが、道幅は狭く足元も滑りやすい。いとも簡単に追いつめられ、樹齢は何年だろうと思うほど大きな木に磔《はりつけ》にされる。

「本気だぞ」

それは、このまま安田といるのも悪くないという発言のことなのかと思い、土方を見つめ返した。視線の奥に情熱的なものを感じるのは、そう望む心が見せる錯覚《さっかく》だろうか。

顔を傾けてくる土方に、安田は唇を差し出して目を閉じようとした。

しかし、唇が重なろうかという瞬間、動きはとまる。

「どうしたんです？」

背後に意識を向けている土方の顔を見て、すぐにわかった。ガサッ、と音がして、人影が現れる。

「仲がいいんだな」

「――っ！」

そこにいたのは、尾形だった。

「よぉ、覗き魔の坊ちゃんよ。やっぱり尾行けてきてたか」

「ちょっと、やめてください土方さん」

睨めつけてくる尾形に、土方は挑発的に言った。

尾形は、除霊師の正装をしていた。それだけ本気だということだ。

しかも、その手には複雑な刺繍《ししゅう》が入った袋を持っている。あまり大きなものではないが紫色の分厚そうな布や刺繍に使ってある金色の糸などから大事なものであるのは想像できた。

中に入っているのは、おそらく土方の魂を消滅させる道具だ。ここで説得できなければ土方は消されてしまう。悪霊でもないのにそんなことを許してはいけない。力を持つ者がその力を己の都合でいいように使っていいことなどない。

そして何より、安田が土方を消滅させたくはなかった。

確かに土方が初めて目の前に出てきた時は、どうなるだろうと思った。正直言うと手はかかるし、実体化するようになってからは勝手に息抜きに出かけたりしてひやひやさせられることも多かった。昭和初期と現代の文化や価値観の差に、揉め事を起こしたことも忘れてはいない。おまけにキュウリでセックスしてからはもっとひどかった。大根だのマツタケだの、思い出しただけで赤面するものを使われた。強引で非常識で驚くほど自由な男――。

それでも、土方に対して抱く感情は負とはほど遠いものだ。

「尾形。頼むから話をしよう」

早く尾形を説得しなければならないのにいい言葉は浮かばず、土方と過ごした日々ばかりが頭の中を巡っていた。それでもなんとか尾形の関心を土方から自分へ向けようと訴えかける。

「お前のことが心配なんだよ」

「黙っててくれ、一生。それはこっちの台詞だ。おい、お前」

「土方だよ。土方雄之助だ」

「貴様の名前なんてどうでもいい」

尾形を前にしても、土方は少しも怯んでいなかった。鼻を鳴らし、不敵な笑みを浮かべる。

「おいおい、現代人ってのは礼儀ってもんを知らねぇのか。人が名乗ってるってのにどうでもいいたぁ失礼な奴だな」

土方はそう言っているが少しも気を悪くした様子はなく、むしろ面白がっているように見えた。自分が引き留めて説得している間に逃げてくれまいかと思ったが、そんな気はさらさらなさそうだ。

「貴様と話をするつもりはない。一生から離れろ」

「嫌だと言ったら?」

さらに挑発的な態度を取る土方に、尾形の平常心が次第に失われていくのがわかった。

「待ってくれ、尾形」

「何を待つって言うんだ」

「お前、魂を消滅させる道具を勝手に持ち出したんだろう?」

「どうしてそれを……」言いかけて、噛った。誰から聞いたのかわかったようだ。

「あいつ……余計なことを」

「余計なことじゃない。妹さんがどれだけお前のことを心配してたと思ってるんだ」

「お前は心配しないのか?」

「してるよ。してるからお前をとめようとしてるんじゃないか」

その言葉は尾形には響かなかったらしい。むしろ逆効果だったようで、悲しそうな顔で安田を見た。

「嘘だな。俺を心配してるなんて嘘だ」

「おいおい、友達の言葉も信じられねぇか。おかしくなってる友達を見てこいつが心配しないわけねぇだろう」

「わかったようなことを言うな！　俺は貴様と違って一生をずっと見てきた。昨日今日出会ったような貴様に偉そうなことを言われる筋合いはない！」

土方の言葉は、どんなものでも嫉妬を煽るだけのようだ。尾形はますます土方に対する憎悪を大きくしたらしい。

「一生。お前、やっぱり取り憑かれておかしくなってるよ。そいつの虜になってるのはそいつが悪霊だからだ。どうしてわからないんだ」

「だから違うんだよ。捜しているものさえ見つかれば、土方さんは成仏できるんだよ。もう少しで見つかりそうなんだ。だからもうちょっと待ってくれ。チャンスくらいくれたっていいだろ？」

訴えているうちに、土方との別れの時がそう遠くないと実感した。消滅させられなくても、土方が失ったものを見つければ成仏してしまう。さよならだ。

なぜか胸に込み上げてくるものがあり、それは安田を動揺させた。

本来、土方とは出会うはずがなかった。生まれた時代が違うのだ。こうして接することもなかった。

それなのに、なぜ――。

今はそんなことを考えている時ではないのに、いずれくる別れの時を想像してしまう。

「一生、お前やっぱり」

安田の表情から何を読み取ったのか、尾形の表情が変わった。

「駄目だ。許さない。あんなこと……っ、あんなこと絶対に許さないっ！」

そこに浮かんでいたのは、紛れもなく嫉妬だった。土方との行為を覗き見てこういった行動に移した男だ。当然そんな顔をしたくもなるだろう。

なぜ自分なのだと思った。尾形は昔からモテたほうだし、自分は外見も中身もぱっとしない。のほほんと生きているだけで、決して褒められるようなところもないのだ。

むしろのらりくらりとした生き方は、除霊師として家業を継ぐことを強いられた尾形から見たら苛ついてもおかしくはないのに……。

「尾形、なんで俺なんだよ？　なんで俺みたいなのがいいんだよ？」

安田は心に浮かんだ疑問を口にしていた。すると、尾形は泣き出しそうな顔で笑った。

「そういうところがいいんだよ」

ますますわからず戸惑いを隠せずにいたが、尾形をとめられるのは自分しかいない気がして、もう一度訴える。

「頼むよ、考え直してくれ。友達を失いたくない」

「黙れ！　俺はお前に恨まれてもそいつを消滅させる！」

そう言ったかと思うと、持っていた袋の紐を解いて中のものを取り出した。

それは巻物だった。親指を噛むと自分の血を巻物に垂らし、横に咥えて印を結ぶ動作をしてから目を閉じる。

「な〜んか怪しい雰囲気になってきやがったな」

土方はまだ余裕だったが何か感じたようでそっと後退りし、一気に走り出した。すると巻物はまるで生き物のように土方に襲いかかる。

「やめてくれ！」

安田は尾形に駆け寄り、タックルした。すると結んでいた印が解けて巻物はただの巻物になって地面に落ちる。

「放せ、一生！」

「放さない！　こんなことしても誰も幸せになれない！　お前も、土方さんも！」

尾形が印を結び直すと、それは再び生き物のように土方に襲いかかった。

「やめてくれ、尾形！　お願いだから話を聞いてくれ！」

「――ぐぁ……っ」

巻物が大蛇《だいじゃ》のように土方に巻きついて締め上げる。身動きが取れなくなった土方は必死で抵抗していたが、徐々にどす黒い煙のようなものに包まれていった。土方が苦しげに顔を歪める。

「……ぐ……っ、なんだ……これは……っ」

土方が完全に捕まると、尾形はさらに呪文の口調を強めた。それは安田が聞いても不安を煽るもので、次第に息苦しくなるような錯覚を起こす。

人の魂を一つ消滅させるのだ。それほど強い力が必要だということかもしれない。

「こんなもんで……俺を消滅させようってのか？　傲慢《ごうまん》だな。お前……それで、本当にいいのか……？　そこまで根性が腐っちまったのか？」

土方が何を言っても呪文を唱えるのをやめようとはしない。

「頼むよ！　頼むから……っ！」

必死で縋るが、それでも尾形はまったく聞く耳を持たなかった。ただ土方を消滅させたいという気持ちだけで動いている。

「好きなんだよ！　土方さんが好きなんだ！　だから、消滅なんてさせないでくれ！　もしそんなことしたら、俺はお前を許さない！」

一瞬、巻物の動きがとまった。

「許さない、か……。お前がそんな言葉を使うなんてな」

尾形は悲しそうな顔でそう言った。こんな顔をしたのを、見たことはない。力も一瞬弱まったようで、隙をついて土方が巻物を振りほどいた。けれどもそれに気づいた尾形は再び土方に憎悪の念を向ける。

「そうはいくか悪霊め……っ！」

巻物の端を握った尾形は、横に薙《な》ぐようにして操った。さらに勢いを増したそれが土方を狙う。

安田は、咄嗟にその腕に飛びついて噛みついた。

「──痛ぅ……っ！」

巻物は尾形の手を離れた。しかし、先ほど印が解けた時にはただの巻物になって地面に落ちたのに、今は違う。その動きはさらに激しくなり、黒い炎のようなものをあげて辺りを旋回《せんかい》し始めた。

「何するんだ。もう力が動き出してるってのに！」

尾形の表情からとんでもない事態に発展したのがわかる。

「力って……？」

「もう動き出してるんだよ。俺の手を離れたら制御できない」

舌打ちし、巻物を掴もうとするが、それは自分の意思を持ったもののようにすごい勢いで動き回る。黒い炎は荒れ狂う龍の姿となり、辺りのものを焼き尽くそうとしていた。

それは己のために道具を利用した尾形への怒りにも見える。強大な力だからこそ使い方を間違えると取り返しのつかないことになるのかもしれない。

「おい、何ぼけっとしてる！　こっちだ！」

「土方さん……っ！」

制御を失った巻物は、安田に向かってきた。慌てて逃げようとするが、足を滑らせて転んでしまう。

「何してやがる！」

腕を掴まれて立たされ、引き摺るように走らされた。安田に狙いが変わったのを見て尾形が青ざめた表情で呪文を唱えるが、一度その手を離れた巻物は尾形の手元には戻ってこない。この事態になってようやく自分がとんでもない間違いを犯したと気づいたようで、尾形は茫然とその様子を見てつぶやいた。

「俺の……せいで……」

「今はそんなこと言ってる場合か！　そっちに行ったぞ！」

「ぅわぁあ……っ！」

黒炎でできた龍は、尾形に襲いかかった。横に転がるようにして避けるが、黒炎の龍は旋回して今度は安田に向かってくる。まさに手当たり次第といった様子だ。

あまりの勢いに安田は足が竦《すく》んで動けなかった。これほどの強大な力を前にすると、己の無力さを痛感するだけで抗う気持ちすら削がれてしまう。何かを喰らうまでその動きはとまらない——そんな思いに全身が硬直した。黒く大きな口を開いて向かってくる龍をただ見ていることしかできない。

だが次の瞬間、土方が安田の前に立ちはだかり、黒炎の龍に呑み込まれた。その風圧で安田は後ろにはじき飛ばされて尻餅をつく。

「――ぅ……っく！　土方さん！　どうして……っ」

黒炎の龍は本来の目的を思い出したというように、とぐろを巻いて土方を取り込みながらゆっくりと回り始めた。なぜ自分から危険に飛び込む真似をしたのかと訴えるが、全部口にせずとも答えが返ってくる。

「もともと俺を消滅させるために持ち出されたもんだろう。お前を犠牲にしてまで自分を護ろうなんざ思わねぇんだよ」

「そんな……っ」

「今まで世話になったな。結構愉しかったぞ」

ほんの今まで実体化していたはずなのに、土方の向こうが透けて見えた。

嘘だ。

嘘だ嘘だ嘘だ。

信じられなくて、いや、信じたくなくて安田は心の中で何度もそう繰り返した。涙が溢れる。

「土方さん！　行かないでくださ……っ、行かな……で……」

手を伸ばそうとしたが、尾形にこれ以上近づくと危ないと引き戻された。

「放してくれ！」

「駄目だ、危ない！　お前まで巻き込まれる！　一生、許してくれ、俺が間違ってた。許してくれ……っ」

「許さない……っ、こんなことして……許さない、お前を一生恨んでやる……っ！」

嗚咽《おえつ》を漏らしながらそう言うが、思いもよらぬ言葉を土方にかけられる。

「おいおい。何が『一生恨んでやる』だよ。お前にそんなのは似合わねぇぞ」

「土方さん……」

「そいつを一発ぶん殴ったら許してやれよ。お前が一緒になって必死に捜してくれて嬉しかったぞ。俺はもう満足したからよ」

その言葉に、尾形に対するどす黒い感情が消えていくようだった。

似合わないなんて言われたら、恨むこともできない。こんなふうに消滅させられるなんて土方こそ恨んで当然のはずだが、当の本人が許せと言うのだ。満足など本当はしていないだろうに、これからまだ生きていく安田のための言葉だとわかる。

だから、好きになったのだ。

普段は非常識なところも多くて手のかかるオヤジだが、人を許す懐《ふところ》の深さと他人を思いやれる強さがある。だから、土方のことをこんなに好きになったのだ。

安田は自分の中にいつの間にか芽吹き、育っていた感情をはっきりと自覚した。それなのに、こんな形で別れなければならないつらさに胸が張り裂けそうだ。

力なく地面に跪き、土方が呑み込まれるのを見ていることしかできない。

「土方さ……」

「じゃあな、元気でやれよ」

「……ぅ……く、土方さん……、……土方、さ……っ、……ぅう……っ」

その時だった。尾形とは違う男の声で呪文が聞こえたかと思うと、まるで流れ星か彗星《すいせい》のような光が飛んできて黒炎ごと土方を貫いた。

（え……？）

黒炎の龍は弾けるようにして消え、土方は勢いあまって後ろ向きに倒れた。倒木で後頭部を打ち、ゴ……ッ、とすごい音がする。

「兄さん！」

声に振り向くと、そこにいたのは尾形の妹と数人の年配の男性だった。

見たことのない男性の姿に、安田は目を瞠った。

尾形と同じ除霊師の正装。妹もいるとなると、三人いる男たちの中で一番怒りを露《あら》わにしているのが父親だろう。

空から巻物がゆっくりと舞い降りてきて、何事もなかったかのように安田の足元に落ちた。あんな姿になり、光の矢で貫かれたのに破れたり燃えたりしていない。ただの巻物だ。

土方が「おー痛てぇ」と言って頭をさすりながら起き上がった。消えかかっていたのにまた実体化している。

「――土方さん！」

思わず駆け寄って抱きついた。腕に感じる土方の存在に、消滅の危機は免れたのだと安堵する。けれども、確かめ足りないのか、ひとたび放せばまた消えてしまうと感じているのか、土方から離れることができない。人目もあるというのに、ただしっかり土方にしがみついているだけだ。

「おいおい、なんだこの熱い抱擁は。俺が消えるのがそんなに嫌だったのか？」

「よかった、よかった……っ、消えなくて……よかった」

「ったく、そんなに抱きつかれたら可愛くて押し倒したくなるだろうが」

背中を軽く叩かれ、落ち着きを取り戻した安田は周りの状況を思い出して土方から離れた。振り返ると、尾形が顔をしかめながら現れた男性を見ている。

「父さん……」

苦しげな友人の声に、安田も表情を曇らせた。

「こんなクズに成り下がりおって」

尾形の父親はそう言いながら歩いてきた。

「間に合ってよかった。大事になるところだった」

「誰だか知らねぇが助かったよ。今のはなんだ？」

「霊力の塊みたいなものだ。さっきの黒炎の龍はそやつの醜い心が生み出したものだ。使いこなすこともできない道具を持ち出して……馬鹿息子が」

なぜここがわかったのか聞くと、道具が持つ力を辿ってきたのだという。といってもそう簡単に感知できるものでもなく、随分と手こずったようだ。妹の話から安田の存在を聞き、古書店や祖母の屋敷を中心に捜索した結果、ようやく道具が微かに放つ気を感じ取ったらしい。

安田が説得してくれることを願っていた彼女は口を固く閉じていたようだが、父親たちに問いつめられて安田のことを話した。結果的には、彼女がそうしてくれたおかげで今全員無事でいる。

「未熟者め。お前は魂をなんだと思っておるのだ」

すでに自分の取った行動に対して後悔していた尾形は、父親の言葉を噛み締めるように聞いていた。そして、素直に反省の色を見せる。

「も、申し訳ありません！　こんなことをして、言い訳など通用しないとわかってます。処分は甘んじて受けます」

　地面に膝をついて土下座すると、父親は感情の欠片《かけら》すら見せず淡々と言い放った。

「当然だ。お前は除霊師を名乗る資格はない。修行もここで終わりだ。二度とうちの敷居を跨《また》がせん。己のしたことを噛み締めて生きていけ」

　尾形は当然とばかりに頷くが、それに異論を唱える者がいた。土方だ。

「まぁ、ちょっと待ってやれよ」

　泥だらけになった土方は、地面に胡座をかいてキセルを吹かし始めた。危機的状況を乗り越えて一服しているといったところだろうが、あんなことがあったばかりだというのにこの余裕はさすがだと思う。

　安田はまだ膝に力が入らず立っているのがやっとで、成り行きを見守っていることしかできないでいるのに……。

「そのお坊ちゃんが嫉妬心に駆られて悪さしたのは当然責められるべきだが、あんたの態度もどうかと思うぞ？」

　尾形の父親は土方を見て、口元を緩めた。

「そこまではっきり具現化するとはな。よほど強い未練があると見える。それと、そこの青年の力も影響しているのかな」

そこの青年と言った時の彼の目は、安田を捉えていた。他の男たちも、安田に注目している。

「妙な力があるようだな。霊に力を与えられるらしい。無自覚だからそこまで強く影響するのかもしれん」

「俺は何も……」

「純粋さは武器だよ。穢れなき心が力を与えることもある。息子が君ほどの力を持っていれば、道を踏み外すこともなかったかもしれない」

安田は顔をしかめた。

父親からそんな言葉を聞かされた友人がどういう気持ちになるだろうと考えたからだ。犯した間違いは決して小さなものではないが、血が繋がった者の言葉としてはあまりにも冷たい。

「あんたのそういうところが、息子が出来損なう原因じゃねぇのか？」

「土方さん……っ」

出来損ないなんて言い方にとめようとしたが、土方が抱いている思いが自分の抱くそれとはそう大きく違っていないことに気づいた。土方を消滅させようとした男なのに、どうしてそんなふうに考えることができるのだろう。

「俺の魅力に嫉妬したんだ。誰でも持ってる感情だろうが、勘当だなんだ固ぇこと言ってねぇで、もっと息子の気持ちを考えてやれよ」

「こんな大それたことをしでかす息子の気持ちなど、わかりたくもない」

「頭の固ぇジジィだな」

暴言だが、今度はとめなかった。

「俺はこのとおり色男だからな。生きてた頃から嫉妬されてたよ。慣れたもんだ」

「じゃあどうしろと？　許してやれと？」

「ああそうだ」

即答する土方に彼は馬鹿馬鹿しいという顔をしたが、それが冗談でもなんでもないとわかる。土方は自分を消滅させようとした男を許せと言っているのだ。

「なぜ息子を庇う？　自分を消そうとした相手だぞ」

「そいつのためじゃねぇよ。そこで涙ぐんでる妹と、そこにいるお人好しのためだ。二人ともそいつが除霊師の資格を奪われて勘当されることなんざ望んじゃいねぇ」

さすがに娘のことを出されると心が揺れるらしい。彼は自分の娘を見ると父親らしい表情を浮かべた。

「お願いだから兄さんを見捨てないで。お父さんは、ずっと厳しすぎたのよ」

「処分は免れられない。それは私にも変えられない」

「んなこたぁわかってるんだよ。だが、せめて父親であるあんたが恩情をかけてやれって言ってんだよ。厳しすぎるのもよくねぇぞ」

二人の言葉に尾形の父親が何を感じたのか、安田には想像もつかなかった。だが、次に彼の口から出たのは先ほどの冷たい言葉を放ったのと同じ人物のものとは思えないものだ。

「兄さんを連れて帰りなさい。お前が一緒なら、逃げたりはせんだろう」

「父さん……っ」

それは、態度が軟化したことの表れだった。自分で連れ帰らず娘に託《たく》したのは、逃げないと信用しているからなのかもしれない。そうでなくとも、信用しているという態度を見せただけでも大きな一歩だ。

尾形にもそのことはわかったようで、ここで心を入れ替えなければ今度こそおしまいだとばかりに引き締まった表情になり、土方に深く頭を下げて謝罪した。そして、妹に連れられて帰っていく。

二人の姿が見えなくなると、尾形の父親は改めて頭を下げて土方に謝罪をした。

「申し訳ないことをした。愚息が迷惑をかけてしまって」

「ま、俺の愚息も思いどおり自制できたことはなかったからな。世の中そんなもんだよ」

この場面でよくそんな馬鹿なジョークが言えるものだと呆れる。突っ込む気も起きないが、年配の男たちはこの程度のことで動じるはずもなく、無反応だった。誰一人ニコリともしないのがますます居心地が悪い。

「土方さん……」

　こんな時にまでやめてくれと目で訴えるが、土方はどこ吹く風だ。

「詫びと言ってはなんだが、成仏するための手伝いが我々にできるかもしれん。心残りがあるのだろう？」

「ふ～ん、息子の尻拭いをする気になったか」

「土方さん！」

　いつもひと言多い土方をたしなめ、安田は土方がこうなった理由やなぜいつまでもこの世に留まっているのかを説明した。すると、尾形の父親は難しい顔で考え込む。

「初という女性が埋められた場所を知っているのだな？」

「埋めた本人だ。知ってるに決まってる」

「だったら直接聞けばいい。あまり推奨しないのだが、この場合は仕方あるまい。初という女性とやらを呼んでみよう。成功するかどうかはわからないが、やってみる価値はある」

　そう言うと、一緒に来た男たちに小さく頷いた。彼らも頷き返したのは、初を呼び出すことに同意したからだろう。

「彼女の持ち物が必要だ。何かあるかね？」

「日記みたいなものなら」

「彼女の住んでいた場所は？　住まいが残っていると一番いいのだが」

「それもあります。初さんがいた頃からの屋敷が残ってますから」

「それならなんとかなりそうだ」

条件は整っているようで、それを聞いた土方はキセルの灰を落として立ち上がった。

「初に会えるのか。そりゃありがてぇな。あいつ、俺のチンコを埋めやがって……文句の一つも言ってやらねぇとな」

そう言いつつも、どこか楽しげだ。

初に会える喜びからなのか、それとも失ったものを取り戻せる喜びからなのかはわからないが、安田が今抱いている気持ちとはまったく異なるもので、それがますます胸を苦しくする。

もし、初を呼び出すことに成功すれば、土方は目的を果たして成仏してしまう。別れが来てしまう。安田の頭の中はそんな思いでいっぱいなのに、土方は安田との別れなどまったく気にしていないように見えた。

さっきはこのまま安田といるってのも悪くないというようなことを口にしたが、自分の大事なものを取り戻して成仏できるならそうしたいに決まっている。あの言葉は忘れることにした。

（そうですよね）

寂しい気持ちはどうすることもできないが、せめて成仏する時は明るい顔で「よかったですね」と言ってさよならしたい。

安田は、精一杯の笑顔を作って力強く言った。

「そうと決まったら屋敷に行きましょう！　今からでいいんですよね？」

「構わんよ。準備が整い次第取り掛かるとしよう」

「あと少しで長年の願いが叶いますね。よかったじゃないですか」

土方が何か言いかけたが、それを遮るように心にもないことを口にする。

「俺もこれで平穏な日々を取り戻せます」

その言葉に土方が軽く笑ったのを見てまた胸が締めつけられる感覚に見舞われた安田は、複雑な胸のうちを知られたくなくて先陣を切って歩き始めた。

5

祖母の屋敷に戻った時、すでに日は暮れていた。

安田は初の書き残したものを尾形の父親に渡した。彼女の想いがつまったものだ。

「どうでしょう?」

「うむ。これを書いた者の念がまだ残っておる。よほどの想いがあったのだろうな」

念も残り香のように香るのだという。嗅覚ではなく霊力で感じ取るもののようで、もちろん普通の人間にはほとんどわからない。

土方を想う初の気持ちが強く残っていると知り、そんな彼女と土方がこのあと再会するのだなと思うと、そのシーンを見たくないなんて気持ちが起きる。先ほどからずっとこんな調子で、安田の心は不安定だった。

「頼むぞ」

「任せておきなさい」

尾形の父親が準備を始めると、安田は静かに深呼吸してその時を待った。口の中で唱えられる念仏のようなものは、時間の感覚を失わせる。深く深くどこかに入り込んでいくような感覚だ。しかし恐怖は感じない。尾形が巻物を手に唱えていたものとは明らかに違うとわかった。ただ時間に身を委ねる。

どのくらいそうしていただろうか。ふとそれまでなかった気配を感じた。生きている人の気配とは違う。けれども禍々《まがまが》しいものとも違う。どこからか舞い降りてきたような、温かい空気を感じたのだ。

見ると、部屋の隅にぼんやりと明るい部分がある。それは淡い光のようだったが、次第に人の形になっていった。色が見えてきて、その姿が浮かび上がる。

着物に身を包んだ黒髪の女性だ。

「……初」

土方の静かな声が耳に届き、胸がグッと締めつけられた。

(あれが、初さん……)

土方にとって特別な女性であるのは、間違いない。なぜなら土方が最初に目の前に現れたのは尾形に襲われている安田を見て初だと思ったからだ。初が男に手籠めにされそうなのを見て、初めて人に憑依した。

遊び人の土方が数多く遊んだ相手の一人とはいえ、そのきっかけになるくらいには初を想っているということだ。

「お久しぶりです」

初は安田と似ていた。まるで双子のようだ。けれども性別が違うだけでこんなにも印象が変わるのかと思うほど色っぽい女性だった。

白い肌。結い上げた黒髪は艶《つや》やかで、うなじの美しい女性だ。後れ毛が女の色香を漂わせている。

「よぉ、初。久しぶりだな。元気にしてたか？」

「はい」

「俺のチンコを埋めやがって。おかげで俺はチンコなしの地縛霊になったぞ」

いきなりあからさまな言葉で責められ、初は泣き笑いを浮かべた。懐かしいのか、それとも自分のしたことを反省しているのか——。

ただ、その表情からどれだけ土方を想っているのかだけは伝わってきた。言葉では語れないものを感じる。心から土方を愛したのだろう。安田も土方がどういう男なのか知っているため、彼女の気持ちに心がシンクロするようだった。

「ごめんなさい。土に埋めたのは、あの人があなたのを切り落として、犬に喰わせるって言うから……」

「奴が？　俺の大事な息子を切り落としたのは、お前じゃなかったのか」

「はい」

初は申し訳なさそうな顔をすると、土方が殺されたあとのことについて話し始める。

初の旦那は土方を殺害後、自分の女房を寝取った男を辱《はずかし》めようとイチモツを切り取り始めた。初は必死でとめたが、殴られて阻止することはできなかった。それを切り取ったあと、満足した旦那は犬に喰わせてやると言い、祝杯がてら初を無理矢理横に座らせて酌をさせたというのだからどれだけ非道な男かがよくわかる。女房を寝取った相手とはいえ、死体を眺めながら酒を飲む神経は理解できない。

初は恐ろしさに震えながら言うことを聞いていたが、深酔いした旦那を見て、切り取られたものを奪って逃げた。さすがに死体を担いでいくことはできないが、旦那が犬に喰わせるといったものは護れるかもしれない。

「あなたを殺したうえに、そんなことをされるなんて耐えられなかったのです。あなたの尊厳を護りたかった。だから私があの人から奪って逃げたのです」

「はっ、犬に喰わせるたぁ奴の思いつきそうなこったな。お前が俺の立派なチンコを手放したくねぇから埋めたんだと思ってたよ」

その言葉に、今度は笑い声をあげた。生きている頃もこんなふうに彼女を笑わせていたのだろう。そのやり取りを見ていると当時の様子が目に浮かぶようだった。

「俺のを隠したあと、旦那には殴られただろう？」

「でも、あなたの尊厳は護れました。殴られるくらいどうってことないです。犬の餌になんてされたら、私も嫌だもの」

「男も女も節操なく手を出した俺をよくそこまで……」

初は首を横に振ると、土方に近づいて手に手を重ねた。実体のない彼女とは触れ合えないが、両手でしっかりと握っているように包み込み、いとおしげな顔を向ける。

「私はあなたに救われました。あの人の暴力と女遊びに毎日泣いてました。でも、あなたと出会ってからは、自分が生きてると感じられたんです」

「俺が遊び人でもか？」

「だからよかったのかもしれません。だって私には夫がいたんですもの。それに、あなたが私を道具にして遊んだことは一度もなかったでしょう？　その時は、私だけを見てくれた。それだけで本当に幸せでした」

「そうか。そりゃよかった」

二人のやり取りを見て、ロクデナシの旦那に泣かされている初が、当時は処罰の対象にもなった逢瀬《おうせ》を繰り返した気持ちがよくわかった。心の拠《よ》り所だったに違いない。浮気がいいことだとは思わないが、土方が逃げ場のなかった初を救ったのも事実だ。そのことだけは変わらない。

「再会の感動を味わうのはそこまでにしてくれ。あまり長いことこの世に留まらせておくのはよくない」

尾形の父親が相変わらずの厳しい口調で言うと、土方は忘れていたという顔をして初に聞いた。

「俺がここに縛られてた理由はわかるだろう。俺のチンコを埋めた場所を教えてくれ。このままじゃあ成仏できねぇ」

「はい、すぐそこに」

初が指差したのは、屋敷の庭だった。

「山林じゃねぇのか？」

「ええ」

「あの……でも日記というか、手紙に書き残されてましたよね？」

安田が思わず聞くと、初はにっこりと笑った。どういうことだと一度顔を見合わせて初を見ると、彼女は真相を教えてくれる。

「山林に埋めたと嘘を書いたのは、あの人の目を誤魔化すためです。本当に埋めてしまおうかとも思ったのですが、野犬にでも掘り返されたらあの人の望みを叶えることになりますから山はやめました。あの人が酔っている間にこっそり隠したと知られたら私も殺されるかもしれないという思いもありましたから、あの人がどんなに捜しても見つからないようにしたかったんです。それらしく嘘を書き残していたら、本当に埋めた場所から目を逸らすことができますもの」

すっかり騙された。

あの思いつめたような文面を見て、完全にその内容を信じきっていた安田は彼女の賢さに感心するしかなかった。女のしたたかさすら感じる。

考えてみれば、地縛霊としてこの屋敷に縛られていたのだ。すぐ近くに捜し物があったからなのかもしれない。

「すぐそこだって？　なんで気づかなかったんだぁ？」

近づけば何か感じ取れると豪語していた土方は、バツが悪そうに頭を掻いた。

「あの人は庭を眺めるような人じゃなかったから。それに、丁度柿の木を植えるところで庭師の方が穴を掘ってましたから、そこからさらに掘って埋めたあと土を被せました」

屋敷の隅にある大きな柿の木は、安田が子供の頃に遊んだ木だ。秋になると実がなり、収穫していた。次の年にまた実をたくさんつけるよう、全部取ってしまわずにいくつか残しておくよう祖母に教えられたのを思い出す。確か、木守柿といった。

懐かしい。

子供の頃から慣れ親しんだものの下に、そんなものが隠されていたなんて驚きだ。そして、土方と出会う前から土方がずっと捜していたものの傍で遊んだり駆け回ったりしていたのだと思うと少しおかしい。

「シャベルを持ってきますね」

安田がそれを取ってくると、土方が柿の木の下を掘り始めた。だが、木の根が張っていてなかなか掘り返すことができない。土も硬くなっている。かなり根気のいる仕事だが、土方が根を傷つけないよう気をつけて少しずつ掘っていくと、木の根に何かが絡まっていることに気づいた。

「あ、土方さん！　そこ、何かあります！」

「こいつか？」

もっと深く埋められたはずだが、横に伸びた根と一緒に上のほうに移動したらしい。それはまるで見つけてくれという意思が働いているようだった。

土方はシャベルを放ると手で周りの土を掻き分け、出てきたそれを手に取る。

「間違いない、これだ！」

布はボロボロでほとんど原形を留めていなかった。土に還って中身は残っていないだろう。けれども確かに初が土方の男性器を包んで埋めたものらしく、土方が懐かしそうな目をする。

「これは、俺が初にやったもんじゃねぇか」

「はい」

どうやら巾着袋のようだ。おそらくもとは赤の生地に何かの模様が入っていた。花柄だろうか。土方が女性にこんな贈り物をするなんて、少し意外だった。

「確かに俺のが入ってたものだ。わかるぞ。ちゃんと痕跡を感じる」

土方がボロボロになった紐を解いて中を覗くと、中から蛍のような光が出てきた。

「おおおおっ！」

土方が驚きの声をあげる。こちらに背を向け、前をくつろげてふんどしを解くと光は股間の辺りに集まっているようだった。土方の背を固唾《かたず》を呑んで見守る。

土方がこれまでに聞いたことのない珍妙な声をあげるものだから気が気でないが、しばらくすると光は消えた。

「取り戻せたぞ！　俺の息子が久々に戻ってきやがった！」

そう言って着流しの前をくつろげて振り返った土方は、まさに変質者が「ほ〜ら」と言って自分の股間を見せているのと同じだった。その姿に、思わず声を荒らげる。

「何やってるんですか！　じょ、女性の前ですよ！」

何も気にしていない土方に呆れるが、小さく肩を震わせながら笑っている初を見て安田は急に恥ずかしくなった。自分よりも初のほうが土方と一緒にいた時間は長い。こんなことは慣れっこだろう。

それなのに、出しゃばったことを言ってしまった。

「あ、いえ……、その……すみません」

気まずくて俯いていると、それまで黙って成り行きを見ていた尾形の父親が安堵した顔を見せて言う。

「思い残すことはないようだな」

「ああ、あんたらのおかげだ。初を呼び出せたおかげで見つけられた」

「それでは除霊するまでもないな」

「当然だ。もともと取り憑いてたつもりもねぇしな」

土方はそう言ってくつろげていた着物をもとに戻し、キセルを咥えて煙を吐いた。なかったものがあることを感じているのか、目を閉じたまま満足げな顔で口元に笑みを浮かべている。まさにすがすがしい気持ちになっているといったところだ。

「いいねぇ、やっぱりあるべきところにねぇとなぁ」

よかったですね――そう言いたいが、声にならなかった。煙が安田のところまで漂ってくるが、実体化している時は煙の匂いがするのに今はしない。

そして、土方の姿が透けていることに気づいた。


人は死んだら本当にあの世に行くのだ。

安田は今さらながらに、そう強く実感した。土方がこの世に留まっているのももう終わりだと頭ではわかっていても、まだどこかで遠い先のことのように思っていた。

だが、現実は容赦なく土方を奪っていく。

「土方さん、それ……」

「お！」

安田に指差されて初めて己の状態に気づいた土方は、少しずつ透けていく自分を見て驚いたが、すぐに口元に笑みを浮かべた。嬉しそうだ。

捜していたものを取り戻したのだ。これで成仏できる。

「初さん。呼び出して悪かった。本来なら私の仕事ではないのだが」

「いいえ、この人のためです。呼んでいただいて感謝してます」

初は尾形の父親に深々と頭を下げた。もともと透けていたその姿はますます薄くなっていき、彼女も再びこの世とは違う世界に戻っていくのだと感じた。そして土方は、本来行くべきだったところへ向かおうとしている。

安田は、せめてその様子を目に焼きつけておこうと思った。

写真があるわけではない。同じ時を過ごした思い出を語り合える相手もいない。時間が経てば、自分すら本当に土方と過ごしたのだろうかと疑うかもしれない。それほどあり得ないことが起きた。不思議な経験だった。

だから、せめて土方と過ごしたという感覚を少しでも自分の中に残したい。

「これが成仏か。なんだ、いつもとあんま変わんねぇな」

毎日のように実体化してはまた半透明の状態になっていた土方にとって、特別な変化は感じないようだ。しかし、この世に別れを告げて次の段階に移行する準備に入っているのは間違いないらしい。

尾形の父親が、威厳のある声で言う。

「そのまま成仏しなさい」

胸がつまった。苦しくて、痛くて、どうしようもなく切ない。

とうとうこの時が来た。本当に成仏するのだ、土方とはここで本当にさよならしなければならない。そして一度さよならすれば、二度と会えなくなる。

これまで本当に手を焼かされてきた。自由奔放でなんでもありな男の世話は大変だった。

それなのに別れがつらい。

別れをつらそうにしていない土方を見ると、もっとつらい。

「俺のためにいろいろありがとうな」

土方の躰がさらに透けていく。自分の大事なものを取り戻した土方に未練はないだろう。

「——土方さん……っ！」

安田は、思わずそう叫んでいた。

行かないで。

決して口にしてはいけない言葉だ。わかっているが、今にも零れそうだ。その様子を見て何か感じたのか、逝《い》きかけた土方は立ちどまった。

駄目だ。引き留めてはいけない。そう自分に言い聞かせる。

「初。先に行ってろ」

「はい」

初は幸せそうな笑みを浮かべ、周りの景色に溶け込むように消えていった。

「なんて面ぁしてやがる」

呆れたように言われ、鼻を啜《すす》る。涙が溢れてきた。

「俺との別れがそんなにつれぇのか？」

「そんなこと……っ、な……い、です……」

「そりゃがっかりだ」

心にもない言葉だというのはわかっているようだ。少し呆れたような目をする土方からは、優しさが伝わってきた。安田の気持ちは全部お見通しらしい。

「だって……土方さんの世話は、本当に……っ、大変、だったんですから……っ」

「ああ、迷惑かけたな」

「実体化するようになってから……勝手、ばかりして……」

「だけどおでん旨かっただろ？　俺の作った料理も」

安田は何度も頷いた。

美味しかった。土方が貰って帰ってきたおでんは、とても美味しかった。土方の作った鍋や鯛飯もだ。豪華で大胆な料理は土方そのものだった。

土方の作った料理は無理でも、どこで商売している屋台か聞けばおでんはまた食べられるだろうが、土方を思いながら土方との思い出の味を口にするなんて悲しすぎる。

「土方さんを俺が養わなきゃいけないかもって心配ももう要らないですね」

「そうだな」

「もう二度とこの世に戻ってこないでくださいよ。早く成仏してください」

「わかってるよ」

「あんなこと……っ、……されなくて、せいせいします」

「そうだな」

「本当に、節操がないんだから……っ」

まだ尾形の父親たちがそこにいるのに、安田はそんなことまで口にしていた。

土方との行為を思い出すにつけ、痛感する。

いつだって嫌じゃなかった。いつだって、土方に夢中だった。

「可愛かったぞ」

「大根とかキュウリとか……最低です。あんなもので……っ、一生、恨みますからね」

「よかったくせに何言ってやがる」

「タケノコとか……、本当に……っ、本当に……最低なんだから……っ」

「マッタケも忘れるなよ」

「は、反省くらいしてくださいよ！」

ケラケラと笑う土方の表情はあまりにも土方らしく、それを目に焼きつけたいが涙で視界が揺れていてちゃんと見えない。手の甲で涙を拭うが、何度やっても同じだ。

「あの世で待ってるからよ。お前が死んだら俺が迎えにきてやる」

「またそんな都合のいいこと……。死んで迎えにくるのって、先祖かペットの霊って聞きましたけど」

素直になれずに最後までそんなふうに言うが、土方は今度は茶化さず真面目な顔をしてから、まるで自分の決意を示すかのようにその言葉を口にする。

「それでもちゃんと迎えにくるよ。俺が転生してなければな」

「本当ですか？」

「ああ、初だってまだ転生してなかったし、お前が死ぬまで待ってやるよ。閻魔様《えんまさま》もそう無慈悲《むじひ》じゃねぇだろう」

「閻魔様って……地獄に行くつもりですか」

「ああ、そうだな。お釈迦様《しゃかさま》か？」

適当なことを言っているが、それが土方らしくてまた涙が溢れた。別れがたく、いつまでもここにいて欲しいという願いが強くなる。けれども成仏できるのにいつまでもここに留まっているのはよくないという尾形の父親の言葉を思い出して、別れがたい気持ちに区切りをつけた。

　土方に対して、自分にしてやれる最後のことだ。

　心置きなく、後ろめたさも未練もなく、逝って欲しい。

「それじゃあ、もう逝ってください」

　安田は自分から別れの言葉を口にした。もう自分は大丈夫だから逝ってくれと、触れることのできなくなった土方の躰をそっと押す。手はすり抜けるだけだが、安田が躰を押してあの世に送り出そうとしているのはわかったらしい。

「元気でな」

「はい。土方さんも……」

　土方は手を安田の肩に添える仕草をし、熱い眼差《まなざ》しを注いできた。顔を傾けながら唇を寄せられ、誘われるように目を閉じる。

「ん……」

　温かいものが唇に触れた感覚があった。もう触れられるはずはないのに、その柔らかさや体温まで感じる。軽く吸われた気がして、躰がジンと熱くなった。

　唇が離れていく感覚に目を開け、見つめ合う。

土方は、安田から離れていった。

「さようなら。土方さん、さようなら」

『じゃあな、お前と……、……しか……、ぞ……』

声が聞きづらくなった。

なんて言ったのかわからずもう一度聞くが、さらに声は遠ざかっていく。

『……しか……、……ぞ』

土方は消えた。

結局、最後の言葉は聞き取れなかった。別れを噛み締めるように目を閉じ、土方への想いを噛み締める。

(好きでした。いいえ、好きです。大好きです)

それは、紛れもなく安田の本音だった。

ゆっくりと瞼を開けるが、やはりその姿はどこにもない。

だが、土方がいた証のように柿の木の根元は掘り返され、実体化したままのキセルが落ちていた。それを拾い、指でその形を確かめた。微かに残る煙の匂いに、土方といた時間を感じる。

「……逝っちゃった」

今までそこにいたのに、本当に跡形もなく消えた。もう二度とここに現れることはない

だろう。

笑ってさよならを言うつもりだったが、最後に見せたのは涙と鼻水でぐちゃぐちゃの顔だ。自分のような男にこんなさよならをされるなんて、土方も逝きにくかっただろう。

「これで終わりですね」

「そのようだな。未練を取り除いたのだ。もう二度と現れまい」

「ありがとうございました」

「それはこちらの台詞だ。これからも息子の友人でいてやってくれ。——帰るぞ」

尾形の父親とその連れが歩き出すのを見送り、もう一度庭を見渡した。誰もいない庭。静かで、居心地がいい。

(さよなら、土方さん)

もう一度別れを告げ、自分の想いにもさよならをした。不思議な体験は、これで終わりなのだと。終わったのだと……。

風が優しく安田の頬を撫でる。

土方に触れられた気がして、安田は口元を緩めた。

　土方がいなくなって、一ヶ月が過ぎていた。

　安田は古書店の奥の部屋でパソコンと向き合っていた。夕方からずっとこの体勢で仕事をしている。一度眠気に襲われたが、それを通り越して今は集中している。ラストスパートをかけているところで、指の動きは淀《よど》みなく頭に浮かんだ文章を入力していく。

　しばらく静まり返った部屋でキーボードを叩く音を響かせていたが、タンッ、と少し勢いをつけてエンターキーを押すと、安田はぐったりとちゃぶ台にうつ伏せた。

「はぁ～～～～～、くろすけ～、やっとできたよ～～～～～～～～っ」

　座布団の上で呑気に寝ているくろすけにそう言う。

　まさに精も根も尽きたという気分だ。初稿が仕上がっただけでこれからまだまだ作業は続くが、それでも一段落したのは大きい。今日はゆっくりしながら美味しいものを食べて明日は一日だらしなく過ごすのだ。

　しばらくパソコンの前でぼんやりしていたが、忘れないうちにと外づけのハードディスクとフラッシュメモリにそれぞれ保存した。万が一のことを考えてバックアップは多めに取るようにしている。

　土方のアドバイスを生かした原稿は、あれから大きく躓くこともなく順調に進んだ。あとは、もう一度読み直してからメールで送るだけだ。

「あ〜、疲れた」

畳の目をなんとなく眺めながら、解放感に浸る。

不思議なほど日常を当たり前のように過ごしている自分に違和感を覚えていたが、それもそろそろ慣れつつあった。会いたいと思う気持ちはまだ強く、置いていかれたキセルを大事に持っているが、ただ寂しさに泣き暮れるような情けない男にはなりたくない。土方が見たら、しっかりしろと言われるだろう。

だから、たとえ空元気でもいいから毎日をしっかり生きたいと思って実践《じっせん》を心がけている。

「あっちで何してるんだろ」

天国のようなところがあるのかどうかはわからないが、土方がお花畑で酒を飲みながら綺麗な女性を侍らせているところを思い浮かべ、自分の想像力の貧困さに苦笑した。仕事を終えた直後で疲れているとはいえ、もう少し気の利いた想像はできないのかと我ながら呆れる。

けれども、やはりどう考えても天国にいる土方といえばそういうシーンが一番に思い浮かぶのだ。それだけ強烈なインパクトを持った男だったということだ。

「それが土方さんらしいよな」

一人つぶやいて笑い、思い出したようにパソコンの横に置いていたハガキを手に取った。

書かれた文字を目で追い、友人の姿を脳裏に描く。

それは尾形からのものだった。心からの反省が書かれている。あれだけ安田に何度も自分の気持ちをぶつけていた尾形だったが、今度こそ気持ちに区切りをつけたようだ。土方の一件で身勝手な部分を見せて暴走してしまったが、心を入れ替えた尾形は父親に言われて除霊師としての修行に出るという。

まだ想いが消えたわけではないが、成就しないとわかっているから自分は別の道を進むことで忘れる努力をすると書いてあった。

その素直な言葉が、もう一度尾形を信用しようという気持ちにさせた。

土方が消滅の危機にさらされた時は自分でも驚くほどの強い憎しみの感情を抱いたが、今はそのことについて責めるつもりはない。

尾形が勘当されずにもう一度チャンスを与えられたことを、心から喜んでいる。

「また修行か。今度は長いんだろうな」

これまでも修行に出たことはあるが、いつ戻るかわからないという友人の言葉に尾形がしたことへの父親なりの思いがあるとわかった。

もう一度厳しい修行をして、もう一度根本から自分と向き合って人として成長させようというのだろう。尾形も本気で自分を変えようとしているのだ。友人として応援したい。

「あいつも頑張ってるし、俺も頑張らなきゃな」

土方は消え、少ない友人の一人である尾形もいつ戻るかわからない修行の旅に出た。寂しくないというと嘘になる。

しばらく静寂に身を任せていたが、くろすけが店のほうをじっと見たかと思うとそちらに走っていった。物音も聞こえた気がして客が来たと思い、すぐに立ち上がって表に出る。

「いらっしゃいま、せ……、……あれ？」

誰もいなかった。本棚の向こうにいて見えないだけかと店をぐるりと一周するが、人の姿はない。確かに音が聞こえたはずなのにと首を傾げながら部屋に戻る。

しかし、部屋に戻った安田の目に飛び込んできたのは人影だった。

「――ぅわっ！」

一瞬泥棒かと焦ったが、向こう側が透けて見えている。相手が誰なのかわかると、目を見開いたまま口をパクパクさせた。

「よぉ」

「ひひひひ、ひじっ、ひじっ」

なかなか言葉にならずに目を白黒させている安田を見て、男は以前と変わらない態度で笑った。

「なんだその面は」

「ひひひひひ土方さん！」

ようやく言葉になるが、それから先はまた言葉が出ない。もう二度と会えないと思っていた相手がそこに立っているという状況に、頭がついていかないのだ。土方に会いたいあまり、幻覚でも見ているのかと疑いたくなる。

幽霊相手に触れて確かめるわけにもいかず、目を丸くしたまま見つめていた。

「なんだなんだぁ？　戻ってきたってのに、会いたかったですくらい言ったらどうだ？」

その言葉に安田は確信した。この言い方は紛れもなく土方だ。

「どうして、ここにいるんですか？」

「どうしてって……そりゃ未練があるからに決まってんだろうが」

「未練？　──え……っ、もしかしてちゃんとくっつかなかったんですかっ！」

思わず股間に視線を落とした。切り取られた男性器は確かに土方のもとに戻ったが、長い間土の中に埋められていたのだ。気づいたらなくなっていたなんてことも考えられる。

安田は、また土方のチンコ捜しが始まるのかとそれまでの苦労を思い出した。

前回は手がかりを見つけられたが、今度は果たしてどうなのだろうなんてあれこれ考える。しかし、そんな安田の懸念をよそに土方は余裕の態度だ。

「あほう。ちゃんとついてるよ」

「そ、そうですか。なんだ、驚かせないでくださいよ」

ホッと胸を撫で下ろすが、すぐに疑問が浮かぶ。

「あの……じゃあ未練って……」言いかけて、自分を見つめてくる土方の目に何を言おうとしているのかやっとわかった。顔が赤くなる。

はっきり言葉にされたわけではないのに、自惚《うぬぼ》れすぎだと恥ずかしくなった。そんな安田に、土方は意地悪なことを言う。

「なぁ～んだよ、なんで赤くなってるんだよ？」

「いえ……別に……っ」

「別にって顔じゃねぇだろう」

「そんな意地悪なこと言わないでいいでしょ」

「お前には意地悪したくなるんだよ」

「なんですかそれ」

優しく笑いながら自分を見ている土方に、落ち着かなくなった。会えて嬉しいのに、同時に逃げ出したい気分にもなる。

「好きって意味だろうが。わかんねぇふりすんな。俺の未練はお前だ」

心臓が大きく跳ね、トクトクと鳴り始める。どこか苦しくて上手く呼吸ができないが、嫌な感覚とは違う。むしろ幸せすら感じるものだ。

「お前が俺の新たな未練になった。お前を置いて成仏なんかできるか」

言葉が出てこないのは、嬉しい気持ちと信じがたい気持ちとが入り乱れているからだ。

土方のことを思うと、喜んでいいのだろうかという疑問もある。そして、他にも気になることはあった。

「初さんは……？」

成仏する時に見た彼女のことが、心に浮かぶ。彼女は土方のために旦那に殺される覚悟で土方の尊厳を守った。土方が成仏するのを願っていたのではないだろうか。

「あいつは俺のために呼ばれて戻ってきただけで、とっくに成仏してるよ」

「でも、土方さんにも成仏して欲しかったんじゃ」

「そりゃあいつの本音はわからねぇけどな。イイ女だったが、俺の運命の相手じゃなかった。それはあいつもわかってるよ」

本当にそうだろうか。そんな疑問が浮かぶが、土方と再び会えた喜びはそれすら消してしまう。いつもあれこれ考えてしまうが、今は自分の気持ちを抑えることができない。

「なんだ。俺と会えて嬉しくねぇのか？」

「嬉しいです」

即答してしまった。いけないことかもしれないとわかっていても、答えずにはいられなかった。想いが溢れてとまらない。

「本当は、会いたかったんです」

「そうか」

「忘れようとしたけど……頑張って思い出にしようとしたけど……、本当はすごく……会いたかったです」

「そりゃ嬉しいねぇ」

夕暮れ時の太陽の光が、窓から降り注いでいた。

少しずつ土方に注がれるオレンジ色の温かい光が消えていき、夜の帳《とばり》が世界を包み始める。闇が濃くなるにつれ、透けていた土方もはっきりしてきた。実体化してきている。土方もそれに気づき、自分の両手を見て声をあげた。

「お！」

耳に馴染んだ言い方が、再び土方に会えたことを実感させてくれた。

「土方さ……、――わ！」

いきなり抱きつかれ、安田は逃げることもできずにその腕の中にすっぽりと収まった。

土方の逞しい腕。その匂い。何度も触れ合った。何度も抱かれた。もう終わりだと思っていた安田は、思わぬ再会にどうしていいのかわからなかった。

「好きだぞ」

「……あの……っ」

「好きだって言ってるんだよ。お前はどうなんだ？」

「俺も……俺も好きです」

そう口にしただけで、胸がいっぱいになった。土方を想う自分の気持ちに溺れてしまいそうだ。

「でも、本当に成仏しなくていいんですか？」

「未練があるうちはできねぇって言っただろうが」

「このままこの世に留まっていたら……大変なことになったりしないんですか？」

「細かいことはいいんだよ。それに、言っただろう？　お前には妙な力がある。お前と一緒にいたら悪霊にもなんねぇよ」

根拠に乏しいが、土方のそういった大雑把なところは安田のようなタイプには丁度いいのかもしれなかった。土方に大丈夫だと言われれば、不思議と素直に信じられるのだ。もし何かあっても、どうにかなると思ってしまう。

いや、少し違う。どうにかしたいと思う強い気持ちが湧いてくるのだ。ただ運命に身を任せるのではなく、失わないための抗う力を与えてくれるようだ。

一度は素直に見送ったが、だからこそ別れのつらさも己の本音も痛いほどわかっている。だから、何があっても土方を失わないためにどんなことでもする。

そんな安田の強い気持ちがわかったのか、土方は躰を離して自分の腰を突き出し、ふざけた態度でそこを誇示してみせる。

「それによぉ、あの時はすぐにあの世に向かったからな。俺のチンギスハ〜ンが戦闘態勢に入ったところを拝ませねぇままだっただろうが」

「な、何がチンギスハンですか」

「お前とはいろいろ使ってみたが、俺の大きさはあんなもんじゃねぇんだってのをちゃんと見てもらっとかねぇとな」

「さすがに大根やタケノコのほうが大きいと思いますけど」

あまりに自慢げに言うものだから思わず憎まれ口を叩いた。しかし、土方にはそんなものは通用しない。

「確かに大きさは及ばねぇがな、大根やタケノコよりもずっとイイぞ？」

想像力を掻き立てる意味深な言い方をしてニヤリと笑った。卑猥だ。

ちっとも反省する様子はないが、そんなところも好きだと安田は改めて思った。


安田は、二階の部屋で土方の存在を両腕で感じていた。

躰に触れてくる土方の手の熱さや息遣いに声をあげそうになり、首に腕を回してきつく抱き締めながら息を殺す。けれども、会いたかった気持ちはいとも簡単に安田の自制心を打ち砕いてしまうのだ。

好きで好きで、自分の気持ちを抑えきれないほど好きで――。

「なんだ、恥ずかしがってんのか？」

揶揄《やゆ》を含んだ言い方に『ああ、本当に土方が戻ってきたんだ……』と感慨深い気持ちになっていた。

もうこの世にはいないと思っていた人。逝ってしまったと思っていた人だ。その相手が、今ここにいる。

「今度は正真正銘、俺のもんだぞ」

自慢げに言った土方は、着流しの帯を取って前をくつろげてからふんどしを解いた。

「どうだ？」

「どうって……言われても……」

「ほら、ちゃんと見ろよ」

愉しげに言われ、安田が恥ずかしがるのを見て悦んでいるのがわかった。いい性格だと思うが、こんなふうに迫られるのが嫌かというと違う。むしろその逆で、羞恥を煽られて気持ちはどんどん加速する。

「恥ずかしくて見られねぇなら、握ってみるか？」

「……またそんな言い方……」

「いいじゃねぇか。真打ち登場だ。正真正銘俺のだよ」

「――っ！」

手を取られて握らされる。

土方のそれは熱く、力強さを感じた。生きている人間そのもので、なぜ死んだ人間にこれほどの生命力を感じるのか不思議だった。朝になればまた触れることすらできなくなる相手だが、今は違う。今は触れられる。体温も息遣いも感じられる。

こうして触れ合うことのできる今は、自分を土方という存在でいっぱいにしたかった。何があっても土方を簡単に諦めるつもりはないが、いつまでこうしていられるかわからない相手であるのも事実だ。そんな不確かさが、土方を欲する気持ちをより大きくしているのかもしれない。

「ん……、……ぅん……、……んっ」

唇を奪われ、安田は目を閉じた。求められるまま応じ、唇が離れていくと土方を目に映す。その男らしい色香に安田は深く酔った。目眩すら覚える。

「やっぱり自分のは違うな。感覚がまったく違う」

「そういう……もの、ですか……？」

「ああ、違う。お前の手をよく味わえる。ほら、もっと強く握ってくれよ」

「だから……っ、言い方が卑猥なんですって」

「でも、嫌いじゃねぇだろ？」

確かにそうだ。嫌じゃない。ただ、恥ずかしいだけだ。

「ほら、こうして……ここをもっと優しく弄《いじ》ってくれよ。こう……指の腹でこのくびれをなぞるんだよ」

自分のものを取り戻した悦びからか、土方は執拗《しつよう》にそこを握らせ、弄らせたがった。弄ってくれとねだる大人の男は魅力的で、お願いされると応じてしまう。これまで幾度となく土方に抱かれてきたが、まるで初めて土方と躰を重ねているようだった。

そして、土方の熱い息遣いに安田の欲望も触発されている。欲情した男の声がこんなにも色っぽく自分の心に響くものかと驚きながら、否定できない事実に戸惑い、呑み込まれていった。

「土方さ……、……あの……っ」

「いいぞ、上手だ」

微かに息をあげ、気持ちいいぞと自分の状態を恥ずかしげもなく吐露しながらさらなる誘惑をしかけてくる。

「この口でしゃぶられたら、たまんねぇだろうなぁ」

親指の腹で唇を刺激され、安田は躰がジンと熱くなった。それをねだるように唇をついばまれ、また指の腹で刺激される。土方の舌や指が触れるたびに、そこは確かな快感を覚えた。

「なぁ、お願いしてるのわかってんのか？」

目の前で隆々とそそり勃っているそれをチラリと見てから、おずおずと土方と再び視線を合わせる。

安田は身を屈めて土方の屹立に唇を寄せた。

好きな男が求めることに応じたい。

「ぅん……」

口に含んだ瞬間、土方が深く息を吸い込んだのがわかった。

（あ、嘘……）

少しも嫌ではなかった。むしろ口でしゃぶらされていることに興奮を覚える。大人の男にお願いされ、恥ずかしい気持ちを抑えながらその行為に及ぶ――。

また、自分の与える刺激に反応している土方も色っぽいと感じた。いつもリードされるばかりだが、土方も自分の愛撫に息をあげるのかと思うと興奮する。

それは何度土方に抱かれようと、安田が男である証だった。

「ぅん……、ん……っ、……ぅん……、んんっ」

口内まで性感帯になっているようで、口で土方の形を味わうのをやめられない。舌を這わせてその凹凸を感じることで、さらなる興奮を覚えた。

これが、土方の屹立――。

何度も抱かれ、挿入もされたが、これが本物の土方だと実感した。男性器と化したものとは違う。これまで感じたことのない力強さのようなものがあるのだ。

微かな牡の匂いを感じるのも、土方のものであることに他ならない。

「ぁ……ん、……ぅん……っ、……んぁ……」

「軽く吸ってみてくれよ。……そうだ、上手だな」

口でしたことなどもちろんなかったが、少しでも感じて欲しくてお願いされるまま夢中で土方を愛撫した。そして、尻に手を伸ばされて甘い期待に心を濡らす。

二階に上がる時に、ノートパソコンの横に置いていた軟膏のチューブを土方がさりげなく懐に忍ばせて持ってきたのは知っていた。ズボンをずらされ、下着の隙間から手を入れられて尻を触られた時は、自分でも驚くほどの浅ましさで触れられる期待に胸をいっぱいにしてしまう。

「いいぞ、可愛いな。お前も気持ちよくなりてぇだろう？」

「んっ、んんっ！」

蕾をマッサージされ、一気に体温があがった。欲しがる気持ちを抑えながら、土方の中心をさらに育てていく。自分の快感に引きずられておろそかになってはまた心を籠めて愛撫するのを繰り返した。

土方の巧みな愛撫に翻弄されている証だ。

「んっ！　んんっ、ん……っふ」

土方を口に含んだまま後ろを弄られると、たまらなくいやらしい気分になった。もっと土方を味わいたくて、夢中でむしゃぶりつく。

唾液で濡れた音を立てて軽く吸うと、そこはドクンと大きく脈打った。感じてくれているのかと思うと嬉しくて、もっと土方を悦ばせたくなる。

舌で裏筋をなぞり、くびれを唇や舌先で刺激した。けれども、そうしているうちに気持ちが昂って限界が近づいてくる。

「ぁ……ん、……んぁ、……あ」

愛撫しながら喘ぎ声を漏らしてしまい、どうしようもなく抑えがたい興奮に見舞われているのを実感した。躰の中に熱が籠もって、発火しそうだ。それに気づいた土方が、さも愉しげに聞いてくる。

「早くこいつで可愛がって欲しいか？」

欲しい――言葉にこそしなかったが、土方にはわかったはずだ。

「いいぞ、俺にいやらしい尻を見せてみろ」

揶揄され、促されてベッドの上に這い蹲る格好で尻を突き出す。

「いい格好だ」

ズボンを膝まで下ろされ、尻だけ剝き出しにされて眺められる恥ずかしさといったらなかった。視線でたっぷり犯され、もう許してくれと懇願したくなる。だが、そう簡単には与えてくれない。待たされることでさらに欲望は増していき、安田は自分でも信じられないほどの飢えに我を忘れそうになった。

「小さいが、形のいい尻だな」

「あ！」

「こうやって……ここに俺のを挟んで、ぎゅっと締めるんだよ。ほら、ちゃんと脚閉じてろ」

指南され、太股の間に土方の屹立を挟んだ。そのまま前後に腰を動かされる。

「ア……ッ」

土方の隆々としたそれが陰嚢や裏筋に当たって快感が全身を走った。全身がわななき、ちょっとした刺激にすら敏感に反応してしまう。

「うう……ん、……うん……ぁ……、……ぁ……あ……ぁ……」

欲しくて欲しくて、土方が欲しくて、けれどもこんなふうに焦らされるのもまた快感で自分がどうして欲しいのかすらわからなくなる。

「こういうのも、いいだろうが」

「ああ……っ」

「どうした？　もどかしいか？」

その問いかけに安田は何度も頷いた。もどかしくて焦れったくて、おかしくなりそうだ。

「もど……しい、です……、……はぁ……っ」

「急ぐな。お前がもっとはしたなくねだってからだよ」

「もう、限界……、……です……、早く……」

こんなにも恥ずかしいのに、これ以上はしたない格好も言葉も思いつかなかった。どうすれば欲しいものをくれるのかわからない。

「ぁあ……っ、……土方さ……、それ……早く……っ、それ……」

「どれだ？」

声が笑っていた。そんなところに大人の男の色気を感じ、自分などが太刀打ちできる相手ではないと痛感する。土方が求めるまま応じるしかない。

「嫌……っ、……駄目……、……も……駄目……」

「違う、頂戴《ちょうだい》って言うんだよ」

言ってみろと言われて口にすることが、これほど恥ずかしいのかと思いながら最後は言わされるのだろうと覚悟した。きっと許してくれない。ちゃんと口にするまで、欲しいものを与えてはくれない。

「ほら、頂戴だよ」

「……ちょう……だ……」

「なんだ？　聞こえないぞ」

安田は、コクリと唾を飲み込んだ。

「ほら、もう一回ちゃんと言ったら、挿《い》れてやるから」

欲情したしゃがれ声で言われ、堪えきれずに小さな声でねだった。

「……っ、……ちょうだい、――ぁ……っ！」

弾力のある屹立の先を蕾に押しつけられたかと思うと、熱の塊に引き裂かれる。

「ああ、あ、あ、やっ、……ぁぁああ……っ」

一気に広げられ、安田はあまりの衝撃に声を殺すことすら忘れた。痛みではない。けれどもただの快楽でもない。苦痛と愉悦《ゆえつ》の入り交じった形容しがたいものだ。

自分を押し広げたものが、ドクドクと脈打っているのがわかる。

「ぁ……ん」

顎に手をかけられ、指で唇を撫でられて無意識にしゃぶりついてしまう。後ろを土方でいっぱいにされながら、口を犯されるのはたまらなくよかった。

「うん……、んぅ……ぁ……ああ……」

「なんだ？　お口が寂しくなったのか？」

「ぁ……ん、んん……っ、……ぁ……ッふ、……ぅぅ……う……んっ」

焦らすように唇の横にキスをされ、自ら口づけをねだる。まだ足りない。もっと欲しい。ひとたび欲望を解き放つとそれは大きな渦となって安田を呑み込んだ。もう恥じらいも何もない。ただ、欲しがる獣と化していた。

後ろから深々と挿入された体勢で後ろを向かされ、唇を奪われる。土方の舌は口内に入ってくると、傍若無人《ぼうじゃくぶじん》な振る舞いを見せた。

「んぁ、土方さ……、……ぁ……ん、ぅう……ん、……ぁ……っく、……ひぁ……ぁ」

腰が蕩けてしまいそうだ。自分が今どんな格好をしているのかすらよくわからない。

「ここはどうだ？」

胸の突起を指で弄られてビクンと大きく躰が跳ねる。

「全部、感じやすいな、お前は……」

「はぁ……っ、あ、あ、……駄目……っ、そこ、駄目……、……ぅん……っん」

「駄目じゃねぇだろう？　こんなにしやがって。先走りで先っぽがびしょびしょじゃねぇか」

先端から溢れるものがシーツを濡らしているのに気づいて、耳まで赤くなった。

「言わ……な……いで……」

「なんでだ？　可愛いぞ。びしょびしょって言った途端キュンと締まりやがった。俺ももう限界だよ」

言うなり、土方の動きがリズミカルになる。

「んぁ、あ、……は……、……ァ……あ、ぁん、んぅ……、ぅん……っ」

口づけ合いながら本物の土方を感じた。隆々としたそれで自分を掻き回され、夢中になる。

生きた時代が違っても、愛し合い方は変わらない。そう思いながら、自分を激しく揺しながら獣じみた息遣いで襲いかかってくる土方に深く酔う。

「土方さ……、……も、……もう……っ」

「いいぞ、俺も……一緒だ……っ」

「や、あ、やぁ……、――ぁぁぁあああ……っ」

下腹部を震わせながら、安田は迫り上がってくるものに身を任せた。同時に土方の熱い迸《ほとばし》りを感じる。

快感は、いつまでも消えることはなかった。


夜が明けるまで、まだ少し時間があった。

ベッドの中で土方の体温を感じていた安田は、もうそろそろ実体化している時間も終わりかと時計を見た。空が白み始める頃だ。

「また半透明になるんですかね」

「だろうなぁ。一日中実体化してりゃいいんだがな」

昨日の夕方に現れた時に透けていたことを考えると、日が昇ればまた透けて触れられなくなるだろう。

「山林に行きゃあ、昼間でも実体化できるぞ」

「どうしてあそこだと太陽が昇っている時間でも実体化するんですかね？」

「さぁな。やっぱりお前の力が関係してるんじゃねぇか？」

まだまだ不明なことは多く、これから先もどうなるか想像もつかなかった。

それでもこうしていられる幸せを噛み締められるのだ。土方がここにいるだけでいいと思ってしまう。

「吸うぞ」

そう言って身を起こした土方は、机の上に置いていたキセルに手を伸ばした。土方が成仏した時に、実体化したまま残されていったものだ。何度あれを手に取って土方といた時間を思い出しただろうか。

今、こうしていることが本当に嬉しい。

「大事に取っておいたんだな。俺の思い出の品だからか？」

「まぁ、そうです」

　土方はふと笑った。

「素直だな。また可愛がってやりたくなってきた」

「さすがに無理です」

「今晩の楽しみにしとこうか」

　それも無理だと言い返そうとしたが、キセルを吹かす土方の姿に見惚れて黙る。本当に絵になる男だ。今はくたくただが、夜になれば自分から求めてしまうかもしれない。

　それほど土方という男に惚れてしまった。

「そういえば天国ってあるんですか？」

　ふと浮かんだ疑問を口にした安田は、花畑の中に立つ土方を想像してみた。しかし、違和感がありすぎて上手く頭の中で形にならない。

「さぁな」

「さぁなって……死んでるのに天国には行かなかったんですか？」

「ああ。そういうのはなかったな」

「三途《さんず》の川はあったんです？」

「いや、なかったな。あれから光に包まれて意識が遠のいたんだ。それから気がついたらまたここにいた。夜寝て、朝起きただけみたいな感じだったぞ」

「へぇ。じゃあ、あれから一ヶ月経ったこともわからなかったでしょう？」

「一ヶ月？　そんなに経ったのか？」

さすがにこれには驚きだったらしい。キセルを口にしたまま視線を虚空《こくう》に泳がせ、ゆっくりと煙を吐いた。そして、なるほどとばかりに意味深な笑みを漏らす。

「どうりでお前がキュンキュン締めつけてくると思ったぞ。俺がいなくなって独り寝の夜を寂しく過ごしてたってわけか」

「そ、そんなこと……っ」

「なるほどな。だったら今夜は全力で奉仕しねぇとな」

「あの……いや、結構です」

土方のような男に全力で奉仕されたら、躰がもたない。

そう思うが、どこか期待している自分がいるのも事実で、どう反応していいかわからなかった。土方はそんな安田の胸のうちすら見抜いているようで、ニヤニヤと笑いながらキセルを吹かし続ける。

「な、なんですか？」

「いーやー、別になんでもねぇよ。ふ〜ん、そうかそうか。そうだったのか」

何度も頷く土方にこの先が思いやられるが、こうして同じ時を過ごせるだけで十分だった。

自分を見失うほど好きになった土方は、常識では考えられない相手だ。とっくにこの世を去っている。こうして普通に話しているが、もう死んでいる。こんなに生命力に溢れているのに、生きてはいない。

不思議な体験を今もしている。

実感が湧かずじっと土方を見ていたが、カーテンの間から朝日が差し込んでくるとその姿は透け始めた。一度は実体化したままだったキセルも同じだ。土方の一部のようなものなのだろう。

「お！　しまった！」

自分の状態に気づいた土方は慌てて安田のほうへ身を乗り出して口づけてこようとしたが、唇は触れ合わなかった。がっかりしたらしく、脱力する。

「くっそ〜。くつろぎすぎた」

自分と重なるようにして、安田が頭を置いている枕の中に顔を埋めている土方がおかしい。触れてはいないが、温もりのようなものは感じられる気がする。

顔をあげた土方が面白くなさそうに頭を掻いているのを見て、安田は笑いながらこう言った。

「また今夜、しましょう」

END

あとがき

こんにちは。もしくははじめまして。中原一也《なかはらかずや》です。

担当さんとの間でチ〇コプロット、チ〇コ原稿呼ばわりしていたこの作品、楽しんでいただけましたでしょうか？　もちろんわたくし大変楽しく書かせていただきました。

次の新作なんにしよう〜とぼんやり考えていたら突然舞い降りてきたネタで、プロットは特に苦労しませんでした。初めは手紙を探す感動的なお話にするつもりだったのですが、手紙よりもチ〇コを捜すほうが面白いかも……、なんて考えが突然浮かんでそこからどんどんアホネタが湧いて出たという。

原稿のファイルにつけていたタイトルも実は『攻のチンコがありません！』でした。ははは……。自分の中ではすっかり定着。正式タイトルつける時に絶対苦労するぞと思ってましたが、案の定苦労しそうです。これを書いている今はまだ決まってないです。正式タイトルどうしよう。

そしてあとがきが続きません。いつも苦労して二ページ埋めてますけど何書こうかなと頭を悩ませております。なんか面白いネタとかあればいいんですが、引き籠もって仕事してるのでたいした事件も起きず、毎日猫を侍らせてまったり暮らしております。

猫といえば最近新入りを迎えたので全部で六匹になりました。こいつらのために頑張らねば～と思っているところです。

一番の古株はハチワレのハルと茶トラのフクですが、こいつらも人間の年齢でいうと私の歳を追い越してしまいました。長生きして欲しいです。そしてわたくしの作家人生もまだまだ続いて欲しいです。書きたいアホネタは山ほどあるのです。もちろんシリアスも。

そのためにも読者さんが満足する作品を目指して頑張らねばと思っております。

それでは、イラストを描いてくださった小山田《おやまだ》あみ先生。素敵なイラストを本当にありがとうございました。

そして担当様。こんなアホネタ拾っていただきありがとうございます。アドバイスをいただいたからこそアホネタもまともな形になって世に送り出せたのだと思います。

最後に読者様。あとがきまで読んでいただきありがとうございます。つまらないあとがきだと思いますが、せめて作品のほうは皆さんに楽しい時間をご提供できていればと願うばかりです。

それでは、また別の作品でお会いできますように。

中原　一也

Splush文庫

この本を読んでのご意見・ご感想をお待ちしております。

◆ あて先 ◆

〒101-0051
東京都千代田区神田神保町2-4-7 久月神田ビル7階
㈱イースト・プレス　Splush文庫編集部

中原一也先生／小山田あみ先生

色悪幽霊、○○がありません！

2017年9月29日　第1刷発行

著　　者　中原一也《なかはらかずや》
イラスト　小山田《おやまだ》あみ
装　　丁　川谷デザイン
編　　集　藤川めぐみ
発 行 人　安本千恵子
発 行 所　株式会社イースト・プレス
〒101-0051
東京都千代田区神田神保町2-4-7 久月神田ビル
TEL 03-5213-4700　　FAX 03-5213-4701
印 刷 所　中央精版印刷株式会社

©Kazuya Nakahara, 2017 Printed in Japan
ISBN 978-4-7816-8610-3
定価はカバーに表示してあります。
※本書の内容の一部あるいはすべてを無断で複写・複製・転載することを禁じます。
※この物語はフィクションであり、実在する人物・団体等とは関係ありません。

Splush文庫の本

どこにも行かせません。
あなたは私のものです。

天才脳外科医として世界を飛び回っていた鷹臣は、大国オズマーン王国で、国王の姪を手術することに。そこで若く美しき国王・イスハークに懐かれ、健気にアプローチされるうちに惹かれる心を抑えられなくなっていく。ある晩、鷹臣は思い余ってイスハークに告白するが、彼はその場から走り去ってしまって――！？

『王様に告白したら求婚されました』　砂床あい

イラスト　北沢きょう

ずっと君を想ってた――。

Splush文庫

ボーイズラブ小説・コミックレーベル

Splush公式webサイト
http://www.splush.jp/
PC・スマートフォンからご覧ください。

ツイッターやってます!!
Splush
Splush文庫公式twitter
@Splush_info